営業だと思った？

アサクラ ネル　ill. 千種みのり

CONTENTS

電撃文庫

わたしの百合も、営業だと思った？

アサクラ ネル　ill.千種みのり

Did you think
my YURI was also business?

決定稿

プロローグ

「……わたしは好きだから」

生放送の本番中に思わずこぼれた自分の言葉に、仙宮《せんぐう》すずねは驚《おどろ》いた。

けれど、それも一瞬《いっしゅん》だった。不思議なことに、動揺《どうよう》はしなかった。ハッとはしたが、あっという間に腹が据《す》わっていくのがわかった。

昔からそうだった。

度胸がすごい、と誉《ほ》められた。舞台《ぶたい》に立って、マイクを前にすれば、すぐ切り替《き》わる。

怖《こわ》くなんか、ない。

逆に、向かいの席で、かりんは混乱した顔でこちらを見ていた。

大きく見開かれた瞳《ひとみ》は揺《ゆ》れ、僅《わず》かに浮《う》かんだ涙《なみだ》をせき止めている長い睫《まつげ》は震《ふる》えている。斜《なな》め向かいに置かれたタブレットに触《ふ》れる指は固まったままだ。

だけど、先刻まで青ざめていた頬《ほお》に、ほんのりと赤味が戻《もど》っている。

だったら、いい。

調整ブースの窓の向こうで大人たちが動揺《どうよう》しているのがイヤモニからもわかったが、すずねは無視した。

今、伝えなければならない――最強の味方が、ここにいるってことを。

「……これ、営業トークじゃないから」

すずねは、まっすぐにかりんを見つめて、はっきりと言った。

「――わたしは、あなたが好き」

1

「……推《お》しが足りなすぎるんですよぉ……」

スタジオ近くのバーの個室で、仙宮《せんぐう》すずねは、溜息《ためいき》と共にそう漏《も》らした。

魂《たましい》が抜《ぬ》けていきそうな声に、向かいの席に座った先輩《せんぱい》声優のくちびるから、くすくすと甘い笑いがこぼれる。

「なぁに？　まだ立ち直れてないの？」

彩葺結衣香《あやぶきゆいか》は、声に違《たが》わぬ優雅《ゆうが》な動作で、軽く握《にぎ》った拳《こぶし》で口を隠《かく》すようにして、自分より六つ下の、とはいえもう二十五だというのにまるで子供のような後輩《こうはい》の様子に、優《やさ》しく目を細めた。

「そんなに引きずること？」

「ことですよ！」

すずねは突《つ》っ伏《ぶ》していたテーブルから体を起こすと、はああ、と肩《かた》を落とした。

落ち込みもする。最推《さいお》しのアイドルが、卒業してしまったのだから。大切な日々の糧《かて》を失ったも同じだ。

「けど、もう半年も前のことでしょ？」

「まだ半年ですー」

すずねはくちびるを尖《とが》らせた。

結衣香《ゆいか》の前では、ついつい甘えた態度をとってしまう。それを彼女も楽しそうに受け止めてくれるから、ますます甘えてしまう。

隠《かく》すことがない相手というのは貴重だ。

某《ぼう》作品の打ち上げの帰りに、

『ちょっと付き合わない？』

とお酒に誘《さそ》われ、連れて行かれた素敵《すてき》なバーでいきなり《そう》だと見抜《みぬ》かれた時は、それはもう驚《おどろ》いたけれど。

『わかるのよねえ、なんとなく』

手を握《にぎ》られ、耳元でそう囁《ささや》かれて、混乱と緊張《きんちょう》で心臓が破裂《はれつ》しそうだった。

するりと自然な仕草で腰《こし》を抱《だ》かれ、やわらかいくちびるが頰《ほお》に触《ふ》れる。

バーテンダーは見て見ぬ振《ふ》り。

一瞬《いっしゅん》、心が揺《ゆ》らいだが、結衣香《ゆいか》のくちびるがその先に進んでこようとするのを、すずねは何とか断った。

百合《ゆり》営業的なことまでならいいけれど、それ以上は本当に好きな人とでないと、と言うと、あら残念、と意外にあっさりと受け入れてくれ、それからは、先輩後輩《せんぱいこうはい》の枠《わく》を超《こ》えて仲良くさせてもらっている。

『わたしたちは《本百合《ほんゆり》》ね』

と結衣香《ゆいか》はその時、言った。

《営業》ではない、という意味だ。

ファンに向けてのアピールテクのひとつに、百合《ゆり》営業と呼ばれるものがある。

女同士で『好き』と言ったり、友情間で嫉妬《しっと》したりといった、シスターフッド的な女性特有の仲の良さを見せることで、主に男性ファンに恋愛《れんあい》関係的な錯覚《さっかく》を起こさせるものだ。

今日のイベントでもそういう場面はあった。

三百人規模のアニメソフトのリリースイベントだったのだが、スタンディングでのトークコーナーで、最近楽しかったこと、というお題を振《ふ》られた。

司会進行の芸人さんが何を求めているのかは、空気でわかったので、

『このあいだ、まりあちゃんと水族館デートに行ったんですよー』

あえて《デート》という言葉を使った。

女子の場合、デートは、男子と出かけたときだけではなく、女の子同士でも使うことがある。

特に仲良しである、とアピールしたいときに。

まりあちゃんは、レギュラーの一人、加賀見《かがみ》まりあ。他事務所のほぼ同期で、メッセージのやり取りをするくらいには仲が良い。定期的に、ごはんにも行っている。

このイベントのアニメの中でも、お互《たが》いを大好きだという設定だった。

『わたし、ペンギンが大好きじゃないですかー』

まりあのペンギン好きは有名で、何とか飼えないかと考えているほどだ。

『都内の水族館に新しい子たちが入ったから、すずねをアフレコ終わりに誘《さそ》って、会いに行ったんですよー』

『まりあちゃん、本当に詳《くわ》しかったよね。わたし、ほとんど見分けつかなかった』

『彼氏面《かれしづら》で説明しました』

ふふん、とまりあがドヤ顔で胸を張ると、客席から笑いが起こった。

『楽しかったよねー！』

『ねー！』

ハートが見えそうな感じで二人で首を傾《かし》げ合うと、

『……え？　わたし、誘《さそ》われてないんだけど？』

同じくレギュラーの結衣香《ゆいか》が、機を逃《のが》さずに食いついてきた。

『どういうこと？　二人で行ったの？　いつ？　アフレコ、わたしもいたんじゃない？　何でわたし誘《さそ》われてないの』

マイクを手にぐいぐい来る彼女に、すずねとまりあは、ええ？　と引く感じで距離《きょり》を取りつつ、ぎゅうとしがみついた。

『だ、だって、その日、結衣香《ゆいか》さん、うしろもあったじゃないですか……』

『終わってから、合流することもできたんじゃない？　水族館のあと、どうせごはんもいったんでしょ？』

『あー……考えもしませんでした』

すずねの答えに、結衣香《ゆいか》の眉《まゆ》が険しく上がる。

それを見て、すずねとまりあは怯《おび》えた振《ふ》りで、ぎゅっと抱《だ》き合《あ》った。頬《ほお》と頬《ほお》がくっついて、観客席が低くどよめく。

『はいはい、痴話喧嘩《ちわげんか》は楽屋でやってくださいねー！　個人的にはもっと見ていたいけど！』

芸人さんの言葉に笑いが起こって、そのくだりはお終《しま》いとなった。

イベント終了《しゅうりょう》後、ネットでエゴサーチをすると、『今日も百合百合《ゆりゆり》してて良かった！』『ゆいゆいの闇百合《やみゆり》たまらん』という、肯定的《こうていてき》な書き込みが多数で、喜んでもらえて良かった。

女は同性同士の肉体的な接触《せっしょく》にあまり忌避《きひ》感《かん》がないので、時には壇上《だんじょう》で抱《だ》き合《あ》ったり、手を繋《つな》いだりもする。仕事で男性声優とそんなことをしたら、今の時代、すぐに大炎上《だいえんじょう》だろうが、同性ならば問題になることはない。

まあ、それもどうかとは思うけれど。

結衣香《ゆいか》とは、《本百合《ほんゆり》》だと見抜《みぬ》かれた以降も、作品で一緒《いっしょ》になった時は積極的に百合《ゆり》営業をしているけれども、数ヶ月ぶりに新しい彼女ができて同棲《どうせい》を始めたと聞いたので、

『彼女さんから嫌《いや》がられたりしないんですか？　その……百合《ゆり》営業』

と訊《き》いたら、

『仕事だからね』

答えはあっさりとしたものだった。

『わたしが俳優だってわかって付き合ってるわけだから、その辺はね。あ、でも、さすがに友達とのお泊まり会だけはやめたかな』

そういえばしばらく結衣香《ゆいか》とはしてないな、とすずねは気づいた。

女子同士のお泊まり会は本当に楽しい。

とはいえ、自分が本百合《ほんゆり》であることは、隠《かく》している。

性的な目がないからこそ奔放《ほんぽう》に自由に振《ふ》る舞《ま》えるのに、そう見られているかもしれない、と思われて空気を壊《こわ》したくはない。

他の人はどうか知らないが、すずねは、ただの友達をそういう目で見たことはない。性的な魅力《みりょく》を感じることはあるけれど、それは、誰彼《だれかれ》構わず性的妄想《もうそう》を伴《ともな》って見るのとは違《ちが》う。

……ということを、懇切丁寧《こんせつていねい》に説明するのは、難しい。業界人ではないけれど、それで疎遠《そえん》になった友人もいた。

警戒《けいかい》されてるな、というのは態度でわかるものだ。

なので、秘密にしている。

だが、結衣香《ゆいか》がお泊まり会に参加しなくなったのは、そうしたことではなく、恋人《こいびと》への気遣《きづか》いだろう。

もし、自分が結衣香《ゆいか》の彼女だったら、やはり嫉妬《しっと》すると思う。実際にどうかという話ではなく、恋《こい》をする可能性がある相手とのお泊まり会なんて、嫌《いや》だ。何であれ、可能性はゼロではないのだから。

「新しい人を見つけたら？」

シングルモルトのウイスキーの入ったグラスを傾《かたむ》けながら、結衣香《ゆいか》は小首を傾《かし》げた。

大人だ。

すずねの前にあるのはカクテル。バーテンダーが結衣香《ゆいか》の、「彼女に似合うもの」というオーダーで作ってくれたもので、ラムベースで甘め。名前は気恥《きは》ずかしくて忘れた。

「そんな簡単じゃないんですよー」

魂《たましい》が抜《ぬ》けそうな溜息《ためいき》が、出た。

「あんなに沼《ぬま》った推《お》しって初めてだったんですから」

「《ディアゴナル》、だっけ？」

「そうです」

等星は様々だけれども、数でも輝《かがや》きでも、いずれも星のような女性アイドルたちの中で、《ディアゴナル》は、興味がない人でも、一度は名前は聞いたことがある、という程度に知名度はあるグループだ。

全曲、著名なボカロPに楽曲を提供してもらい、さらにチアのような躍動的《やくどうてき》なダンスをすることで、他とは一味違《ちが》うパフォーマンスを見せてくれていた。

その絶対的センターが、鐘月《しょうつき》かりん――しょうつき、かりん。

今は存在しない事務所の公式プロフィールでは、年齢《ねんれい》二十二歳。身長が百五十八センチ。その他の身体的なことは非公開。子役からアイドルに転身、となっていた。

非公式情報では、出身は東京で高校は公立。免許《めんきょ》なし。何であれ、生のものは食べない。果物でさえも、だ。昔、食中毒になったことで生ものがトラウマになったらしい。

鐘月《しょうつき》かりんは、結成から五年、《ディアゴナル》でセンターだった。

当然、歌も、ダンスも、他のメンバーよりパートは多い。五曲もやれば体力はゼロになってしまうだろうに、彼女は、それを欠片《かけら》も表に出したことはなかった。

ファンクラブ限定版アルバムの特典についていたドキュメンタリーには、ライブ後にぶっ倒《たお》れる様子が映っていて、カメラに気づいた彼女が苛立《いらだ》たしく手で払《はら》う仕草をする姿が収められていた。

ファンには無様な姿は見せない、という意思が感じられて、胸が震《ふる》えて泣きそうになった。

「本当に、すごかったんですよ……」

「なんだか、好きな子が転校しちゃった子みたい」

からかうような結衣香《ゆいか》の言葉に、すずねは体を起こし、

「いえ、それは違《ちが》います」

きっぱりと否定した。

「わたしの鐘月《しょうつき》かりんさまへの気持ちは、ガチ恋《こい》ではありません。あくまで彼女のストイックなパフォーマンスに、心酔《しんすい》しているだけですから」

「ふうん？　でも、写真集とか持ってるよね？　写真は歌わないし、踊《おど》らないけど？」

「グッズの購入《こうにゅう》は、推《お》しを支えるファンとしての責務です。納税義務です」

「税金なんだ」

「もちろんです」

即答《そくとう》したけれど、とはいえ、もちろんそれだけではない。

「……まあ、お顔も大好きですけど」

それも含《ふく》めて、推《お》している。

鐘月《しょうつき》かりんは、特に目がすごい。

大きさもさることながら、黒目が微《かす》かに碧《みどり》がかっていて黒曜石のよう。睫《まつげ》は箸《はし》が載《の》りそうなほど長く、動くと、ぐりん、と音がしそうだ。

肌《はだ》もすごく白い。

首筋とか、血管の浮《う》き方とか、見ているとどきどきする。

今や写真の加工技術は本物と見紛《みまが》うばかりだが、鐘月《しょうつき》かりんは違《ちが》う。握手会《あくしゅかい》で会って、確《かく》認《にん》した。そのまま──否《いな》、それ以上だった。

すずねは基本、二次元よりも三次元の人だったが、かりんに触《ふ》れて生身のすごさを知った。ふわっと香る匂《にお》い。ひんやりとした掌《てのひら》の体温。そうしたものは三次元でなければ、生きていなければ感じられないものばかりだった。

ほんの三十秒のことであったし、その一度きりだったけれど、匂《にお》いも、体温も、今でも全てが、ありありと思い出せる。

そして、声。

彼女はどちらかと言えば童顔で、くちびるがぷるっとしているのだが、その弾力《だんりょく》のありそうなくちびるからこぼれる声が、たまらなく心地《ここち》いい。

仕事柄《しごとがら》、すずねは人の音に敏感《びんかん》だった。

鐘月《しょうつき》かりんの声には力がある。彼女の公演《こうえん》も何度も見に行ったが、声が風になって客席を吹《ふ》き渡《わた》るのを肌《はだ》で感じて、ぞくぞくした。

激しいダンスで他のメンバーの息が切れても、彼女だけは違《ちが》う。まるで乱れず、踊《おど》りながら完璧《かんぺき》に歌い上げるのだ。

いずれは世界に知られるだろう——そう思っていた。

……けれど、そうはならなかった。

鐘月《しょうつき》かりんは、突然《とつぜん》、いなくなってしまった。

ある日いきなりSNSに『重要なお知らせ』と書き込まれた内容は、関連ワードも含《ふく》めてトレンドを席捲《せっけん》した。

《ディアゴナル》の公式アカウントは、

——『本日付けで、鐘月《しょうつき》かりんは《ディアゴナル》を卒業《そつぎょう》いたしました』

そう書き込んだ。

それだけでも大事《おおごと》なのに、続けて彼女の所属事務所が、

——『鐘月《しょうつき》かりんとのマネジメント業務が、昨日付けで満了《まんりょう》しましたことをご報告させていただきます。なお、鐘月《しょうつき》かりんとの連絡《れんらく》は、弊社《へいしゃ》としては承《うけたまわ》りかねますこと、何卒《なにとぞ》ご了承《りょうしょう》ください』

とHPに上げた。

駆《か》け落《お》ち、結婚《けっこん》、引退、誘拐《ゆうかい》、果ては自殺説まで、様々な憶測《おくそく》がネットを駆《か》け巡《めぐ》った。

動画配信者はこのことをこぞって取り上げ、好き勝手に煽《あお》った。兄弟、親、恋人《こいびと》を名乗って、再生回数を稼《かせ》ごうとする配信者が次々と現れ、カオス状態になった。

すずねも、どこかに真実があるのではと、ありとあらゆる情報に飛びついたが、何も得るこ

とはできなかった。

誰《だれ》もが、鐘月《しょうつき》かりんの口から真相を聞きたがった。

だが――本人からの発信は、なかった。

彼女はSNSをやっておらず、《ディアゴナル》のサイトからも鐘月《しょうつき》かりんのプロフィールは削除《さくじょ》されてしまっていた。

彼女を見た、という書き込みも散見《さんけん》されたが、いずれも真偽《しんぎ》は不明の噂《うわさ》ばかり。

事件性があったわけでもなく、二週間後には別のアイドルのもっとスキャンダラスな事件が発覚したため、鐘月《しょうつき》かりんは急速に忘れられていった。

だが、すずねは違《ちが》った。

忘れることなどできず、ほぼ毎日、ライブの映像ソフトを鑑賞《かんしょう》し、写真集を眺《なが》め、ラストシングルとなった曲を聴《き》いた。

とはいえ、彼女の行方《ゆくえ》を追うのはやめた。

いくらネットの情報を漁《あさ》っても何も得るものはないと早々に気づいたし、万が一見つかったとして、彼女が《ディアゴナル》に戻《もど》るとも思えない。

すずねにできるのは、思い出から推《お》しを補充《ほじゅう》することだけだった。

しかし、さすがに半年も経《た》つと、物足りなくなってきていた。

飽《あ》きるなどありえないが、映像も写真も、もはや目を瞑《つぶ》っていても、細部までありありと思《おも》い描《えが》ける。

だが、それとは逆に、永遠に魂《たましい》に刻み込まれたと思っていた、推《お》しのあの香り、体温が、日々薄《うす》れていくのは、とてもつらかった。

「かりんさま、何してるのかなあ……」

地の底に沈《しず》んでいきそうな溜息《ためいき》交じりの言葉に、結衣香《ゆいか》は微笑《ほほえ》んだ。笑ってはいるが、馬鹿にしてはいない。

自分たちも、誰《だれ》かの推《お》しだから。

昔と違《ちが》って、声優個人にファンがつくことも普通《ふつう》になってきた。結衣香《ゆいか》も、そしてすずねにも、少なからず、そういう人間がいる。

声優のあり方として、それが良《い》いのかはわからないが、声を、演技を好きだと言ってもらえるのは、とてもありがたい。

「結衣香《ゆいか》さんは、推《お》しがいたことないんですか？」

そう訊《き》くと、彼女はウイスキーを一口喉《のど》に流してから、小首を傾《かし》げた。

「んー……ないかなー。作品を好きにはなっても、登場人物に嵌《は》まったことってないし、アイドルとか興味なかったし。この人が出てる舞台《ぶたい》は全部観《み》る、って役者さんはいるけど、グッズとかは買わないし、プライベートには興味ないから、インタビューとかも見ないしね」

「ですかー……」

何をどう好きになるかは本当に人それぞれだな、とすずねは思った。

すずねにとっては結衣香《ゆいか》も尊敬する先輩《せんぱい》のひとりであるし、出ている作品は欠かさずチェックしているが、推《お》しとは違《ちが》う。

当たり前のことだが、自分にとっては必要不可欠でも、他の人にとってはそうではない。解《かい》釈違《しゃくちが》いは、下手《へた》をすれば戦争だ。

その点では、結衣香《ゆいか》とは安心して話すことができる。

しみじみしていると、そういえば、と彼女がグラスを置いてテーブルに肘《ひじ》を突《つ》いた。

「聞いた？　うちに新しい子が入るみたいよ？」

瞳《ひとみ》がとろんとしてる。

「え？　この時期にですか？」

二人の所属している声優事務所『イアーポ』は、年に一度、オーディションを行っている。

主に専門学校を卒業した新人が対象で、合格すれば準所属となって二年の間に成果が出せれば正所属となる。

すでに活躍《かつやく》している声優が他事務所から移籍《いせき》してくる場合もあるが、その場合でもフリー期間を挟《はさ》んで、時期は同じになることが多い。

それを待たずに所属させるということは、他事務所には取られたくないくらいの人材ということになる。

イアーポは声優以外のマネジメントはしていないから、移籍《いせき》なら噂《うわさ》くらいは耳に入ってきそうだが、どこの現場でも聞いたことはなかった。

「すずは、何か知ってる？」

すずねは首を振《ふ》った。

「そっか。どんな子だろうね」

「ベテランの先輩《せんぱい》かもしれませんよお？」

「はは、それは怖《こわ》いな」

目を細めて、結衣香《ゆいか》は笑った。

声優は競争社会だ。事務所に回ってくる仕事には限りがあり、売れている順にチャンスが来る。結局は自分次第《しだい》とはいえ、優先順位が下がるのは怖《こわ》い。

それでも結衣香《ゆいか》が笑えるのは、それだけの実力があるからだ。

すずねも、結衣香《ゆいか》ほどではないが、売れている自負はある。

毎シーズン、メインでのレギュラーが数本はあり、ゲームの収録は引きも切らない。声優雑誌で連載《れんさい》も持っている。

現状、たとえ自分よりも上にひとり入ったとしても、それほど影響《えいきょう》はないだろう。

カクテルを嘗《な》め、この話題はお終《しま》いにした。

「そうだ、結衣香《ゆいか》さん。彼女さんと、この間、温泉に行ったんですよね？　どうでした？　ねえ、どうでした？」

テーブルの上に腕《うで》を組んで乗せて、身を乗り出す。

「ええ？　すずも好きだよねえ……」

呆《あき》れたように眉《まゆ》が上がったが、決して嫌《いや》がってはいない。

結衣香《ゆいか》と彼女の恋人《こいびと》の話を聞くのが、すずねは好きだった。のろけている結衣香《ゆいか》はかわいかったし、何より愛が感じられてほのぼのとする。

「しかたないなあ」

と言いながら、上がった眉《まゆ》がでれっと下がる。その顔を見ていると、すずねは自分もいっしょに恋《こい》をしているような気持ちになるのだった。

2

事務所から呼び出しのメールが届いたのは、二日後のことだった。

週一で通っているホットヨガが終わって、シャワーも済んでさっぱりと着替《きが》え、スマホをチェックすると、三十分ほど前に全体グループに投下されていた。

明日の十四時、スケジュールが空いている人は事務所に顔を出せ、という内容で、すずねは丁度《ちょうど》、収録と収録の合間で空いていた。

事務所全体グループでの連絡《れんらく》は珍《めずら》しい。大抵《たいてい》はマネージャーとのやり取りだ。

何か大きな発表があるんだろうな、とは察しがつく。

事務所全体が関わるプロジェクトかな、と思いつつ、最悪の場合の考えも浮《う》かばなくはなかった。

マネジメント業務の終了《しゅうりょう》——以前は考えたこともなかったが、声優が人気の職業となるにつれて、既存《きそん》のプロダクションがマネジメントを始めたり、事務所そのものを立ち上げたりすることも増えると共に、業務を畳《たた》むところも現れた。

利益を生めなければ打ち切られるのは、何もコンテンツに限った話ではない。声優も結果を出せなければ、いずれ契約《けいやく》を切られる。

毎期、オーディションは針の筵《むしろ》だ。まずは事務所によって参加できるかふるいにかけられるし、それを通ったとしても、実際にオーディションに受からなければ意味がない。

事務所から落胆《らくたん》されるのもだが、審査《しんさ》すら受けさせてもらえなかった人たちの気持ちを思うと申し訳なくなる。

そんなの気にしてもしょうがない、実力社会なんだから、と結衣香《ゆいか》は言ってくれるが、そんな彼女だって、そう自分に言い聞かせている気がする。

だが、事実でもある。結局のところ、常に自分を高めて、ひとつひとつ、案件に真摯《しんし》に向き合う以外、できることはないのだ。

その気概《きがい》で午前中に来期アニメの収録を済ませ、すずねはひとりで近くのラーメン店に入って鶏白湯《とりパイタン》の小サイズを食べてから、二駅ほど離《はな》れた事務所に徒歩で向かった。

体力づくりとスマホのウォークゲームを兼《か》ねつつ、ディアゴナルの歌を聴《き》く。

グループの曲ではあるが、鐘月《しょうつき》かりんは在籍中《ざいせきちゅう》は絶対センターだったから、パートも格段に多い。ぐうんと体の中に入ってきて芯《しん》に突《つ》き刺《さ》さるような声がとても気持ちがいい。

圧倒的《あっとうてき》に足りない推《お》しを補給しつつ、一時間ほどで事務所の入るビルに到着《とうちゃく》した。

うっすらとかいた汗《あせ》を、大きなトートバッグから出したハンドタオルで拭《ぬぐ》う。

少し足が痛む。スニーカーの方が足は楽なのだが、すずねはフラットヒールのパンプスが好きだった。履《は》くと、気持ちが違《ちが》う。

イアーポは十階建てのビルの二階から五階、それと地下を借りている。一階はコンビニで、脇《わき》の入り口を抜《ぬ》けて、エレベーターで受付のある五階に向かう。地下はスタジオで、空いていればオーディション用のデモが録《と》れる。あまり分量のないゲームやナレーションの収録ならば、スタジオを借りなくていいという理由で仕事が回ってくることも少なくないらしい。

「おはようございまーす」

事務所に入ると同時に、はきはきと挨拶《あいさつ》をする。どんなベテランになっても、これだけは欠かせない。芸能の世界は礼儀《れいぎ》や上下関係に厳しい。そして順列を決めるのは芸歴だ。人気は二の次。移籍《いせき》もあるので、所属の長さも関係ない。

すずねは子役出身なので、芸歴だけなら二十年になる。もっとも、本格的な活動は声優になってからなので、実質は八年だった。芸歴二十年、は営業や配信のトークのネタとしては使うが、それで先輩《せんぱい》ぶったりはしない。

おはようございます、と居合わせたスタッフや所属声優から声が返ってくる。

ぐるりと見回すと、休憩や簡単な打ち合わせに使うフリースペースに結衣香《ゆいか》を見つけた。

所属声優たちは事務所に自分の椅子《いす》や机はない。なので書類を書く時はフリースペースを使うか、マネージャーの机を借りる。

三卓《たく》あるテーブルは、声優たちで埋《う》まっていた。おはようございます、ともう一度挨拶《あいさつ》を交《か》わし合ってから、すずねは結衣香《ゆいか》の隣《となり》の椅子《いす》を引いた。

「なんですかね」

ノースリーブのワンピのスカートの裾《すそ》を撫《な》でつけるようにしながら座る。

結衣香《ゆいか》の前にはステンレスの小さな断熱ボトルがある。彼女はいつもこれに、喉《のど》に良《い》いらしい漢方茶を入れている。すずねも前に飲ませてもらったが、苦くて無理だった。

「なんか、社長からじきじきに話があるみたい」

それだけでは、良《い》い話、悪い話、どちらなのか判断はつかない。しかし大抵《たいてい》、こういうのはフラグであって、良《い》い話のことは少ない気がする。

「まさか、倒産《とうさん》とか？」

「それはさすがにないと思うけど……経営状況《じょうきょう》とか、気にしたことないからなあ」

「ですよねえ」

所属はしているが、社員というわけではない。声優はあくまで個人事業主だ。

周りの声優たちも多少、不安に思うところがあるのか、はしゃいだ雑談をする者はいない。

二人ほど大先輩《だいせんぱい》がいるというのもあるだろうけれど、それにしても静かだ。

「結衣香《ゆいか》さんは、このあとまだお仕事ですか？」

「仕事っていうか……ボイトレ。そろそろキャラソンが上がってくるらしいから、整えておかないと。すずは？」

「わたしはもう一本、収録です。アプリゲーのCMなんですけど」

「下？」

結衣香《ゆいか》が地下のスタジオを指す。

「いえ、西新宿《にししんじゅく》です」

「ふうん」

たぶん、一時間もかからないだろう。

演じさせてもらったキャラは、昨夜のうちに資料をチェックしてある。メインをやらせてもらっているので、ゲームもプレイしている。

最近は周辺の仕事としてイベントが結構あって、呼ばれた時にプレイしていないと、トークが盛り上がらない。

それではお客さんに申し訳ないから、何とか時間をやりくりして頑張《がんば》っている。ログインするだけの日もあるが、それでも続けている。

とはいえ、プレイするとどのゲームも面白《おもしろ》いので、時間泥棒《どろぼう》で困る。

現在、やっているゲームは八本。ログインして、デイリーミッションをこなすだけでもなかなかに時間を取られるから、移動や待ち時間の中でこなしている。

　カチャリ、と音がして会議室の扉《とびら》が開き、一斉《いっせい》にみんながそちらを向いた。

「お待たせ」

　と言って最初に出てきたのは、チーフマネージャーの青山羊子《あおやまようこ》だ。四十半ばとは思えない貫禄《かんろく》があり、年上のベテラン声優も彼女の前ではちょっと背筋が伸《の》びる。

　当然、すずねたちもしゃんとなる。全員が立ち上がって、お疲《つか》れさまです、と言おうとしたのを彼女は手で制した。

　続いて社長の森崎五郎《もりさきごろう》が出てきた。大学の頃《ころ》からラグビーをやっていて、五十を越《こ》えた今でも大柄《おおがら》な筋肉質の体格を維持《いじ》している。身長も百九十近くあるので威圧《いあつ》感は半端《はんぱ》ないが、いつも笑顔《えがお》でそれを相殺《そうさい》している。

「お。なかなか集まりがいいな」

　笑うと白い歯が覗《のぞ》くとか、アニメみたいな人だ、といつも思う。

「今日はうちのチームに新しい仲間が入ったので、紹介《しょうかい》しよう」

　会社をチームと呼び、所属声優を仲間と呼ぶところが、体育会系だなあ、と感じる。

　社長が横に退《の》くと、だぶっとしたパーカーにガウチョパンツの女性が現れた。大きな体に隠《かく》れて、いることに気づけなかった。

　その姿が瞳《ひとみ》に飛び込んだ瞬間《しゅんかん》、

　――へあっ！

と変な声が出そうになった。

何とも言えない震《ふる》えが足先から頭に駆《か》け上《のぼ》って、総毛立つのがわかった。頭皮まで引っ張られる感じがした。

(待って待って！　待ってぇ！)

込《こ》み上《あ》げた悲鳴を、日頃《ひごろ》鍛《きた》えた喉《のど》を締《し》めて抑《おさ》え込《こ》む。

じわっと汗《あせ》が噴出《ふんしゅつ》する。目が痛い。胸が苦しい。死んでしまう——いや死ねない！

ああ！

社長の後ろに立っていたのは。

天岩戸《あまのいわと》が開かれたかのごとく、現れたのは！　誰《だれ》であろう！

(かっ、かりんさまあああああっ⁉)

——だったのだ。

☆

「今日付けで所属となった、鐘月《しょうつき》かりん君だ」

まるで、社長は自慢《じまん》の宝物を披露《ひろう》するみたいだった。

勘違《かんちが》いでも、見間違《みまちが》いでもない。

（本当に、本物の――かりんさまだあ！）

すずねは、ぶるぶるぶるっと身震《みぶる》いして、胸の前で両手をぎゅっと握《にぎ》り合わせた。心臓が激しく脈を打つ。脳が熱い。なんだか鼻血が出そうだ。

「知ってる者も多いんじゃないかな？」

（もちろんです！）

「彼女が所属していたアイドルグループ、ディアゴナルはいくつかアニメにも起用されていたからね」

（どれも最高の曲でした！）

「鐘《しょう》月《つき》君の前の事務所のマネージャーは私の旧知でね。彼女のこれからを相談されて、あれこれ確かめさせてもらった後、まあいろいろ調整することがあって、今日からの所属となった。事務所の、そして声優の先輩《せんぱい》として、いろいろ教えてやってくれ」

（もちろんです！）

過呼吸でくらくらする。

（わたしに任せてください！）

社長はまた輝く白い歯を見せて、僅《わず》かに脇《わき》に退《の》いた。

「じゃあ、鐘《しょう》月《つき》君。挨拶《あいさつ》を」

「はい」

軽く頷《うなず》いて、鐘月《しょうつき》かりんは半歩、前に出る。

のそっとしたゆるい動きは、見知った彼女の体の切れとは正反対だった。メイキングでも見たことがない。

緊張《きんちょう》しているのか、表情も少し硬《かた》い。いつものはじけた明るさは鳴りを潜《ひそ》めている。

(なんだか初めてのおうちに来た仔猫《こねこ》みたい！ かわいい！)

心の声を聞かれたら、要はなんでもいいんじゃない、と結衣香《ゆいか》に言われそうだが、実際そうなのだから仕方がない。

(推《お》しと同じ空間！ 同じ空気！ 死ぬ！)

枯渇《こかつ》していた推《お》し成分が満たされていく。三日は何も食べなくて過ごせる、と思う。

鐘月《しょうつき》かりんは周りを一瞥《いちべつ》した。

目が合った！——かもしれない。

「今日からお世話になります。鐘月《しょうつき》かりんです。右も左もわからない新人ですが、声優として一生懸命頑張《いっしょうけんめいがんば》ります。ご指導のほど、よろしくお願いいたします」

深々と頭を下げる。

(ここは拍手《はくしゅ》!? 拍手《はくしゅ》とかしていいのかな!?)

むずむずした手をもてあましながら周りを見たが、誰《だれ》もしようとはしなかった。

ベテランの先輩《せんぱい》たちはにこやかに笑《え》みを浮かべながら、へえ、と呟《つぶや》いたりしていたが、若手の中には微《かす》かに眉《まゆ》を顰《ひそ》めた者もいる。

さすがにこの状況《じょうきょう》で、ひとりではしゃぐほど空気が読めなくはない。

とはいえ、何も言わないのも社会人としてはNGだ。挨拶《あいさつ》は基本。挨拶《あいさつ》はされたら返すのが人として当然。

胸の前でぎゅっと手を握《にぎ》りしめ、すずねは喉《のど》を開いた。

心からの歓迎《かんげい》の気持ちをこめて――

「ひょろしくお願いします！」

（噛《か》んだあ！）

☆

挨拶《あいさつ》が済むと、鐘月《しょうつき》かりんはチーフマネージャーと再び会議室に戻《もど》り、すずねは、ボイトレまでまだ時間があるという結衣香《ゆいか》の腕《うで》をつかんで、事務所近くの喫茶店《きっさてん》に引っ張っていった。

誰《だれ》かと話さずにはいられない。

個室に飛び込み、いつものおすすめ紅茶を二つ頼《たの》むと、

「夢じゃないですよね！」

テーブルに身を乗り出して、確認《かくにん》した。推《お》しが足りなさ過ぎて、とうとう白昼夢を見ていた

可能性もある。

「大丈夫《だいじょうぶ》、起きてるよ」

苦笑《くしょう》しながら、結衣香《ゆいか》はそう答えてくれた。

ほっとした。

ではあれは、本当のことだったのだ。鐘月《しょうつき》かりんの少しハスキーな生声も、姿も、彼女と同じ空気の中にいたことも。

まだ脳が熱い。ちりちりと焼けるみたいだ。

「……お待たせしました。ニルギリです」

運ばれてきた紅茶を目の前にして、すずねはすごく喉《のど》が渇《かわ》いていることに気付いた。カップに手を添《そ》えるようにして持ち、ストレートのまま飲む。

熱かったが、喉《のど》を焼くほどではない。ここのマスターはすずねたちの仕事を知っていて、火傷《やけど》などをしないように温度を調節してくれている。

「……はあ」

紅茶の香りのする溜息《ためいき》をついて、すずねはカップを置いた。ソーサーが、ちん、と綺麗《きれい》な音を立てる。

「まさか、こんなことがあるなんて……奇跡《きせき》って、本当にあるんですね……」

生《なま》かりんは何度も見てきたが、それとは違《ちが》う感慨《かんがい》がある。

アイドル衣装《いしょう》ではない、素《す》の生かりんは初めてだ。オフショット的な画《え》は見ているものの、あれが本当の素《す》ではないことは、わかっている。

しかし今日のあのかりんは、正真正銘《しょうしんしょうめい》、アイドルではない素《す》のかりんだ。

きりりとした真面目《まじめ》な顔も、愛らしい。

「彼女が、例の推《お》し？」

結衣香《ゆいか》は、自分の紅茶にだけ付いてきた小さなピッチャーから、琥珀《こはく》色の液体をカップに注いだ。ブランデーだ。香り付け程度だが、紅茶には必ず入れるのが彼女の流儀《りゅうぎ》だ。

「そうです！　鐘月《しょうつき》かりんさま！　かわいいですよね！」

結衣香《ゆいか》は、ふふ、と笑ったけれど、積極的に同意はしてくれなかった。

まあいい。

推《お》しを押し付ける気はない。何を良《い》いと思うかは自由だ。

「でも、驚《おどろ》いた。まさか、アイドルの次の道が、声優とはねえ……それともうちの事務所、事業を広げるのかしら」

「それはないと思いますけど。社長も、声優の先輩《せんぱい》として、って仰《おっしゃ》ってましたし」

「じゃあ、声優になりたくてうちに来たってことね。彼女、演技はどうなの？」

すずねは首を捻《ひね》った。

「かりんさま、ドラマとか映画とかに出たことないんですよね」

悔《くや》しいが、ディアゴナルはその手のオファーが来るほどの、トップアイドルではなかった。

テレビの看板番組を持つこともなかったし、楽曲のCMもアニメとのタイアップ曲だけだ。

ミュージックビデオはあるが、ダンスパフォーマンスが主で、ソロのイメージパートがあっても、曲が流れているから、当然、台詞《せりふ》はない。

「ふうん……じゃあ、未知数か」

「でも、こんなイレギュラーな時期にうちに入所したってことは、期待はされてるってことですよね？」

「期待の方向がどっちに向いているかはわからないけどね」

含《ふく》みのある言い方に、すずねは小首を傾《かし》げた。

「どういうことですか？」

「それなりに名前の知れたアイドルで」

指を立てる。

「ダンスと歌もできて」

もう一本。

「すでにファンも一定数確保されている」

三本目。

「これって、新人としてはとても高いアドバンテージよね。きっと話題にもなるし」

そういう言い方は、と言いかけて、すずねは口をつぐんだ。

結衣香《ゆいか》の言う通りだ。

最近の声優は、演技だけできればいいというものではない。

そこは最低条件で、アーティスト活動が前提のオファーもある。さらにグラビアやネット番組など、顔出しも多くなってきた。

すでにアイドルとして名の知られたかりんなら、指名で案件もくるだろう。話題先行で、演技は二の次でも、という話もあるかもしれない。

「で、でもきっと、かりんさまは演技もできますよ！　現役《げんえき》時代はとにかくストイックに完璧《かんぺき》を目指す人だったんですから！　いい加減な仕事はしません！　わたしは信じます！」

拳《こぶし》を握《にぎ》ってみせると、結衣香《ゆいか》は、ふふ、と笑った。

「すずが言うなら、そうかもしれないけど、あまりはしゃがないようにね。内心、面白《おもしろ》くなく思っている人もいるだろうから」

それはわかる。

オーディションのオファーには限りがある。

人が増えればチャンスは減る。

芸能の世界は実力主義だ。経歴、知名度、特技はもちろん、ＳＮＳのフォロワーまでも武器にして、自分を際立《きわだ》たせて仕事を取りに行くものだ。

それは皆《みな》、わかっている。

だからといって気持ちは割り切れるものではない。オーディションに落ちれば落ち込みもするし、受かった人を羨《うらや》みもする。

「……結衣香《ゆいか》さんもですか？」

「わたし？」

結衣香《ゆいか》は目を瞬《しばたた》いて、あはは、と笑った。

「わたしは何とも思ってないよ。キャラソン以外、歌も、ダンスもNGにしてるし、地声を聞いた限り、需要《じゅよう》がかぶるとも思えなかったし」

それはそうかもしれない。

結衣香《ゆいか》のカテゴリーは、主に《大人の女性》だ。なので昨今のアニメで主役をやることはほとんどないが、サブレギュラーとしては欠かせない。

もちろん、かりんが大人から子供まで幅広《はばひろ》く演じられる可能性もある。しかし、結衣香《ゆいか》の声と演技は唯一無二《ゆいいつむに》といっていい。

外画《がいが》のレギュラーがあるのも強い。外画《がいが》のいいところは、ギャラは低いが、嵌《は》まればイメージが固定されて、その俳優の専属声優のようになれるところだ。

結衣香《ゆいか》は目立つ存在ではないが、事務所への貢献度《こうけんど》でいったらトップクラス。

だが、そんな声優ばかりではない。

所属声優と事務所はあくまでもビジネスが前提の関係である。事務所から見れば利益を生まない声優は、究極、必要ない。ただいるだけでも人件費はかかる。この先、利益が見込めそうもないと判断されれば、契約《けいやく》は更新《こうしん》されない。

もちろん、自分の思うようなマネジメントをしてくれないと思えば、声優の側から関係を切ることもできるが、ハードルは高い。

「すずは？　脅威《きょうい》に感じないの？」

そう言った結衣香《ゆいか》の微笑《ほほえ》みは、ちょっと意地悪く見えた。

「わたしですか？」

考えてもみなかった。

確かに、彼女とオーディションがかぶることは多くなるかもしれない。

今は毎期、メインどころのオーディションを多く受けさせてもらっているが、かりんに興味を持つクライアントも多いだろう。事務所としては、より多くのレギュラーを欲《ほ》しいから、かりんにチャンスを回すに違《ちが》いない。

「感じてないみたいね」

明らかに笑いを含《ふく》んだ声に、すずねは、え？　となった。

「だって、にやけてるもの。一緒《いっしょ》にオーディションを受けられるかも、って顔してる」

「そ、そうですか？」

両手で自分の頬《ほお》を押《お》さえた。そんなことをしても自分の表情がわかるわけではないが、思わずやってしまう。

「なあに？　先輩《せんぱい》としては自信あり？」

「そんなことないですよー。今だって、いっぱい落ちてますし」

オーディションに合格するのは一割くらいだ。それでも上々で、昔は毎期全滅《ぜんめつ》し、レギュラーが零本《ゼロほん》などということも珍《めずら》しくなかった。

「人のことを気にしてる余裕《よゆう》なんか、ないってだけです。それに、かりんさまのアドバンテージは、かりんさまが努力して手に入れたものですから」

羨《うらや》んでも仕方がない。

「みんなが、すずみたいに思えればいいんだけどね」

結衣香《ゆいか》の言いたいこともわかる。

事務所を辞《や》めていった仲間を、何人も見てきた。

自分の不甲斐《ふがい》なさを嘆《なげ》きつつ、あんたが同期じゃなければ、と言われたこともある。ここじゃなかったら、とフリーになった人もいる。

すずねとて、人は人、とナチュラルに思えているわけではない。日々、そう自分に言い聞かせているだけだ。

努力は必須《ひっす》。なのに努力だけではどうしようもない運や縁《えん》も絡《から》む。だから——誰《だれ》かのせいだと思いたいときがあるのもわかる。

鐘月《しょうつき》かりんはアドバンテージの分、きっとその対象になりやすい。けれどおそらく、そんなことは折込済《おりこみず》みだろう。

それでもあえて、その道を選んだのだ。鐘月《しょうつき》かりんとは、そういうアイドルだ。

「大丈夫《だいじょうぶ》ですよ、かりんさまは！」

すずねは断言した。

彼女のそういう生き様も、また推《お》せるから！

3

「仙宮《せんぐう》、ちょっといい？」

事務所に台本を取りに寄ったすずねは、自分を呼ぶ声に、フリースペースで読んでいた受け取ったばかりの台本から顔を上げ、振《ふ》り返《かえ》った。

栗色《くりいろ》の髪《かみ》をワンレンにした長身の美人が、かつかつとヒールを鳴らしながらやってきて、手元を覗《のぞ》き込《こ》んだ。

ふわっと、少し癖《くせ》のある甘い香りが鼻をくすぐる。すずねのマネージャーの、巳甘《みあま》あかねだ。

彼女は、この香水《こうすい》がお気に入りだった。

すずねはもっと淡《あわ》い、もっと甘くない香りが好きで、台湾《たいわん》にイベントで行った時に見つけたものを、今も使っている。

巳甘《みあま》あかねは、すずねがイアーポに所属してから、ずっと担当してくれている。どちらかといえば厳しいタイプだと思うが、替えてほしいと思ったことは一度もない。

「台本、やっとよ」

巳甘《みあま》は、まったく、と嘆息《たんそく》して顔を上げた。

「あそこはいつものこととはいえ、収録、明後日《あさって》だっての。……いける？」

「大丈夫《だいじょうぶ》です。事前にコピーは貰《もら》ってましたし、いつものことですから」

「あの脚本家《きゃくほんか》、現場での直しも多いから、収録が押して困るんだよねえ……まあ、こっちは言われた通りにやるしかないんだけど」

「もう八話ですし、今回はアニオリですけど、キャラはつかんでますから、平気です」

「ま、心配はしてなかったけど。なら、良かった。ちょっと、頼《たの》みたいことあんだよね」

「なんですか？」

「こないだ入った子、憶《おぼ》えてる？」

どきりとした。

不意打ちに、心臓が口から飛び出すかと思った。

憶《おぼ》えていないわけがない。

推《お》しのことを、どうして忘れようか。

だが、すずねが鐘月《しょうつき》かりんを推《お》していることは、結衣香《ゆいか》しか知らなかった。

隠《かく》すようなことではないのだが、公表してしまえばどうしたって仕事と絡《から》んでしまう。

今では声優の重要な仕事のひとつとなったラジオ番組において、プライベートトークは欠かせない。オタ活《かつ》は盛り上がるネタだ。

そういう形で消費されてしまうのが、嫌《いや》だった。推《お》しを、心のオアシスを、雑にいじられたくはなかった。

とはいえ、語りたいという欲もある。

そんなときは、結衣香《ゆいか》だ。

彼女はアイドルのことをよく知らない分、いつも黙《だま》って聞いてくれるので、つい甘えてしまう。あまりひとり語りが過ぎた時は、デザート代を持つことで許してもらっている。

「憶《おぼ》えてます、一応」

と、すずねは答えた。

我ながら白々しいにも程《ほど》があるが、巳甘《みあま》は気づかなかったようだ。

「あの子、わたしが担当することになったから。それで、これからボイスサンプル録《と》るんだけど、立ち会ってくれないかな」

「えっ⁉」

思わず立ち上がってしまった。

「驚《おどろ》いた……なになに？」

「あ、いえ、なんでもないです……」

引《ひ》き攣《つ》った笑《え》みを浮《う》かべながら、少し硬《かた》い座面に座りなおす。

演技が見られる、と思ったら、体が反応してしまった。

ボイスサンプルは名前の通り声の見本だが、地声だけでなく、いくつかシチュエーションを作る。かりんがどんな声を出すのか、聞いてみたかった。

「でも、どうしてわたしに？」

「ん？　たまたま、そこにいたからだよ？　わたし、これからちょっとチーフと打ち合わせなんだよね。一人でも大丈夫《だいじょうぶ》だろうけど、気づいたことがあったら言ってあげてよ」

「わかりました」

「じゃあ、頼《たの》むわ。彼女、もう下にいるから。とりあえず、声、かけてやって」

はい、と答えると、巳甘《みあま》マネはすずねの肩《かた》を軽く握《にぎ》って、フリースペースを離《はな》れて応接室のドアの向こうに消えた。

なんという幸運！　正直、上がってこない台本に少し心を乱されていたのだけれど、全部許す気持ちになれた。

スケジュールが空いていたのも、運命に思える。

すずねは台本をトートバッグに入れると、肩《かた》に担《かつ》いで揺《ゆ》すりあげ、事務所を出た。これから推《お》しと接近遭遇《そうぐう》――そう思うと、急に緊張《きんちょう》してきた。

エレベーターに乗り込むと、地下のボタンを押す。低く唸《うな》りながら、エレベーターはゆっくりと下りて、そのまま止まることなく地下に到着《とうちゃく》した。チン、と鳴って扉《とびら》が開き、すずねはエレベーターを降りた。

地下にあるスタジオのドアを開けると、そこは狭《せま》い待合室になっていて、その奥に録音ブースがある。ブースは調整室と録音室からなっていて、基本、機材を扱《あつか》ってくれるミキサーと、演者の二者で使う。

中の様子は待合室のモニターで確認《かくにん》できるようになっている。だが、今はミキサーしかおらず、かりんの姿はなかった。

怪訝《けげん》に思いながらトートバッグをテーブルに置き、モニターが見える位置に座った。

（あ――）

一分も経《た》たず、ドアが開いて推《お》しが現れた！

すずねの心臓は、痛みと共に跳《は》ねて、すぐさますさまじい勢いで鼓動《こどう》を打ち始めた。百メートルを全力で走ったとしても、こんなに速くはならない。

狭《せま》い室内、向こうもすぐに、すずねに気づいた。

「おはようございます！」

かりんは、しゃんと背筋を伸《の》ばしたかと思うと、そのまま、直角に頭を下げた。

すずねも慌《あわ》てて立ち上がり、

「あ、お、おはようござ――いたっ！」

足をテーブルの脚《あし》にぶつけてしまった。

「だ、大丈夫《だいじょうぶ》ですか!?」

推《お》しが慌《あわ》てて駆《か》けつけてくれる。その嬉《うれ》しさに、痛みも我慢《がまん》できた。

「大丈夫《だいじょうぶ》です、大丈夫《だいじょうぶ》です」

涙目《なみだめ》になりながら笑ってみせる。

「あ、邪魔《じゃま》ですよね。すぐにどけますから」

テーブルの上のトートを床《ゆか》に移動する。だが、かりんは手にした飲み物を置くことはせず、立ったまま、

「すみません、ブースですよね。どうぞ、先に使ってください」

と言った。

すずねは一瞬《いっしゅん》、きょとんとしたが、すぐにかりんの勘違《かんちが》いに気づいた。

「違《ちが》います違《ちが》います。あかねさんに言われて、サンプル録《ど》りの立ち会いに来ただけですから。ブース使ったりしません」

「立ち会い？　仙宮《せんぐう》さんが？」

怪訝《けげん》そうな陰《かげ》が、愛らしい顔に差す。

「は、はい。わたしもあかねさん——巳甘《みあま》マネに担当してもらってる……え⁉　わたしのこと、知ってるんですか⁉」

今確かに、仙宮《せんぐう》さん、と言った！

もしかして、握手会《あくしゅかい》に参加していたことを憶《おぼ》えていてくれてたのだろうか？　だとしたらフ

アン冥利《みようり》に尽《つ》きるけれど、事務所の先輩《せんぱい》としては気恥《きは》ずかしい。

かりんは、はい、と答えた。

「入所に当たって、所属されている先輩方《せんぱいがた》のお顔とお名前は一通り」

(ああ、そういう……)

自分だけが特別なわけではなかったとわかり、すずねは少しへこんだ。

とはいえ、自分も昔、同じことをしたことを思い出した。事務所によって違《ちが》うが、覚えるべき礼儀《れいぎ》や作法が、あれこれある。先輩《せんぱい》の顔と名前を記憶《きおく》するのは初歩の初歩だ。

ええと、とすずねは気を取り直した。

よく考えてみたら、ガチファンが事務所の先輩《せんぱい》にいたら、どう接していいか困惑《こんわく》するに違《ちが》いない。覚えていないなら、その方が彼女のためにはいいだろう。

「巳甘《みあま》マネ、チーフと打ち合わせがあるみたいなんで、わたしが頼《たの》まれました」

「え、すみません……お忙《いそが》しいのに」

「いえいえ、気にしないでください。今日は台本を取りに来ただけで、このあと、仕事の予定もないので」

「そうでしたか……すみません、お願いします」

ぺこりと頭を下げる。ワンレンボブの髪《かみ》がふわりと揺《ゆ》れて、微《かす》かな香りがふわっと舞《ま》う。

そんなに謝られると、こちらが恐縮《きようしゆく》してしまう。

「ほんと、気にしないでください。人の演技を見るのって、勉強にもなりますから」

そう言うと、かりんは上目遣《うわめづか》いにすずねを見た。くるんと上がった長い睫《まつげ》と大きな瞳《ひとみ》に、どきりとしてしまう。

「……あの、わたしは新人ですから、敬語は使わないでいただけますか？　その方が、緊張《きんちょう》しないので……」

「そんな！」

思わず、声に出してしまった。推《お》しにタメ口なんて、なんて恐《おそ》れ多《おお》い——そう思ったが、彼女がその方がいいというのなら、頑張《がんば》ってタメ口をきいていくしかない。

「わ、わかりました……頑張《がんば》ってみま——みる」

「良かった！」

（ひゃー！）

はじける笑顔《えがお》が眩《まぶ》しすぎて、すずねは自分の目が潰《つぶ》れるかと思った。

このままもっと何かを話したい、という思いが頭をもたげたが、ブースの扉《とびら》が開いて、ミキサーの人が顔を覗《のぞ》かせた。

「どうぞ、準備できました」

「あ、はい！」

元気よく返事をしたかりんは、

「じゃあ、行ってきます」

と言って、満開の笑《え》みを見せてくれた。

なんて破壊力《はかいりよく》！

全身が幸せに満たされていくのを感じつつ、すずねは軽く手を振《ふ》って彼女を送り出した。

よろしくお願いします、と言いながら扉《とびら》の向こうに消える際、ちらりと自分の方を見てくれた気がした。

推《お》しがコンサートで自分を見てくれたような気がするのと、同じ勘違《かんちが》いかもしれないが、だとしても、幸せだった。

（……ああ、かわいかった！）

すずねは、すとんと椅子《いす》に腰《こし》を落とした。

壁《かべ》にかけられた薄型《うすがた》モニターに、ブース内の様子が映っている。

せいぜい二人が限界の録音ブースには、小さな机と椅子《いす》が一脚《きやく》置かれていて、テーブルの上にはポップガードつきのマイクと、キューランプつきのトークバックスイッチ、ヘッドホンが置かれている。

かりんは床《ゆか》に置いたバッグからノートを取り出してテーブルに置くと、髪《かみ》を耳にかけ、ヘッドホンを装着した。

書いてある内容を確認《かくにん》し、背筋を伸《の》ばして、すう、と息を吸う。

スイッチに手を置いて、

『お願いします』

と言った。

モニター越《ご》しのその声を聞いた瞬間《しゅんかん》、すずねの中のスイッチが、ぱちん、と入った。脳が彼女を推《お》しではなく、一人の演技人として見ていた。

これは声優の声だ。

以前から、向いている声質だとは思っていたが、それはあくまでもアマチュアにしては、の話だ。プロになるにはそこからさらに積み込む必要がある。

かりんの声は、明らかに訓練を積んだものだった。

声量があるのに耳に障《さわ》らず、どこまでも届くのに、何かが残る――それは才能だが、才能だけではこの仕事はできない。

マイク前に座ったかりんの第一声は、しっかりと基礎《きそ》を積んだものに聞こえた。

イアーポは養成所を持っていない。

所属声優は、元々プロでやっていた人が移籍《いせき》で入るか、結衣香《ゆいか》やすずねのようにオーディションを受けて入所した人たちだ。

合格するのはほぼプロでの演技経験者で、専門学校出身者は少ない。イアーポも準所属制度はあるが、基本、即《そく》戦力者が求められる。

かりんは、結衣香《ゆいか》の言っていた、話題性とプロフィールが重視されただけで合格したわけではないのが、先刻の一言だけでわかった。

『──鐘月《しょうつき》かりんです』

すずねは、モニターを見つめて彼女の声に聞き入った。

ボイスサンプルの構成は事務所によって違《ちが》うが、イアーポの場合は、自己紹介《しょうかい》、サンプル数種類、ナレーション、といった具合だ。

『今日はこれを録《と》るから、気合入れっか！　ってテレビの星占《ほしうらな》いを見たんだけど……見事に最下位！　なぁんか、高確率で最下位なんだよね、わたしの星座って』

どうでもいい内容に思えるが、最近は声優の『素《す》』も大事になってきているので、作らない声のサンプルも、イアーポでは用意している。

ひとつのサンプルはだいたい三十秒以内。

『はい、いただきました』

調整ブースの声もここで聞くことができるので、指示がある時は勉強になる。

『サンプル一、お願いします』

かりんは、はい、と答えて、背筋を伸《の》ばす。

『ねえ、聞いた？　課長の噂《うわさ》──』

サンプル一は、等身大の女性の声だった。設定は会社員だろう。短い台詞《せりふ》の中で、楽しげな声から一転し、腹の据《す》わった圧のある声に変化した。

（うわ……）

鳥肌《とりはだ》が立った。思わず体が竦《すく》んだ。

すずねは、勉強のために落語や怪談《かいだん》を聞くのだが、話の流れではなく、声と台詞《せりふ》ひとつだけで、総毛立つことがある。

それと同じ経験をした。

録音は問題なく済み、サンプル二、三へと続いていく。

サンプル二は、おそらく十代。声の高さは変わらないのに、喋《しゃべ》り方だけで学生とわかる。なんて高い演技力！　アイドル時代のプロフィールでは公表していなかっただけで、元々演技をしていたのだろうか？

サンプル三では、さらに驚《おどろ》かされた。サンプル一と二は、まだ、鐘月《しょうつき》かりんの声だとわかる要素が残っていたのだが、サンプル三は、まったく違《ちが》う声音《こわね》に変わった。それでいて無理を感じない。

最近の流行を考えてだろう、設定はゲーム系ファンタジーの登場人物で、ものすごい早口で呪文《じゅもん》のようなものをまくし立てた。それでいてひとつひとつの単語がしっかりと聞き取れる。

しかも、絶対に噛《か》みそうな言葉の連続だ。

（すご……）

わたしには無理だ、とすずねは認めた。だいたい基本でやらされる『外郎売《ういろううり》』はいまでも噛《か》まずに言えるし、早口台詞《ぜりふ》も苦手ではないが、ここまではできない。

それから少し間があって、今度は、

『──あんた、なに？』

少年の声に変わった。たぶん想定は中学生くらい。声変わり寸前。すずねは感動すらした。

先刻とは違《ちが》う意味で、鳥肌《とりはだ》が立った。

女性声優が演《や》る少年の声は、少年ぽくはあるが、どこか女だとわかってしまう。だが、かりんの少年にはそれがなかった。たぶん、声だけ聞いたら、本当に男の子が喋《しゃべ》っていると思うだろう。

（すごいすごい！）

思わず、拍手《はくしゅ》しそうになった。かりんと掛《か》け合《あ》ってみたい。年齢《ねんれい》も性別も何でもいい。きっとすごく楽しい。

『ナレーション一、お願いします』

ミキサーさんの指示に、はい、と答えてかりんは二種類のナレーションを披露《ひろう》した。

『深い海の底に、幻《まぼろし》と言われた鮫《さめ》たちの楽園があります──』

一つ目は、落ち着いてはいるが、明るさを感じさせる声。動物番組のナレーションは、サンプルの鉄板でもある。

二つ目は――

『あの有名店と奇蹟《きせき》のコラボ！　新世紀の味、爆誕《ばくたん》！　一口食べれば――』

へえ、とすずねは感心した。

ＣＭ狙《ねら》いのサンプルというのは珍《めずら》しい。多いのは、ニュースの中の特集コーナーの商店街の紹介《しょうかい》だ。明るく弾《はじ》けた感じで、一つ目との違《ちが》いを出すが、系統は同じだ。

『はい、いただきました。問題なければこれで終了《しゅうりょう》です』

ミキサーさんの言葉に、かりんがカメラを向いた。

『……あの、仙宮《せんぐう》さん、何か意見とかありますか？』

（わたし⁉）

驚《おどろ》いたが、考えてみればそのためにここにいるのだった。趣味《しゅみ》で見学させてもらっているわけではない。すずねは椅子《いす》を立ってブースの扉《とびら》を開け、ミキサーさんに向かって、

「問題ないです」

と伝えた。ミキサーさんは頷《うなず》いて、同じ言葉をトークバックしてくれる。

「大丈夫《だいじょうぶ》だそうです。お疲《つか》れさまでした」

その声を聞きながら扉《とびら》を閉め、すずねはテーブルに戻《もど》った。

すごく、いいものを聞いた。

サンプル録《ど》りであっても、やはり人の演技を見るのは楽しい。ボイスサンプルは履歴書《りれきしょ》も同

じだから、その人が凝縮《ぎょうしゅく》されている。

アニメはほぼオーディションで役が決まるが、ゲームは指名が多い。メインどころは名の知れた声優が持っていくけれど、とにかく役が多いので、新人にもチャンスがある。決め手となるのがサンプルだ。事務所が推薦《すいせん》してくれたとしても、サンプルを聞いてイメージが合わなければ、役はもらえない。

とはいえ、安定して演じられなければ迷惑《めいわく》をかけるだけなので、サンプルはいろいろ演《や》ればいいというわけではなく、得意な声を数種類、ということになる。

すずねの得意は十代で、真面目《まじめ》からやさぐれまで数種、あげている。それと幼女。少年は厳しいので録《と》っていない。等身大の女もやってみたいけれど、地声が高いこともあって、今までは縁《えん》がなかった。

「ありがとうございました」

数分後、かりんがブースから出てきて、すずねは思わず立ち上がって出迎《でむか》えた。

何で立ってるんですか？　と驚《おどろ》いた顔でかりんが見てくる。

だが、すずねは興奮で気にならなかった。

「すごかった！」

素直《すなお》に感想を伝えた。そうせずにいられなかった。

「鐘月《しょうつき》さんお芝居《しばい》やってたんで――じゃなくて、やってたの？　すごい上手《じょうず》！」

面食らった様子で瞬《まばた》きが増える。白い頬《ほお》にほんのりと朱《しゅ》が差して、視線が泳ぐ。照れているのだろうか？　それもまたかわいい。

「特に少年！　わたし女性声優が出す少年声って大好きなんだけどその究極かも！　変声期前の男の子の声って天使だけど本当にそれ！」

「あ、ありがとうございます……」

明らかに戸惑《とまど》った様子に、すずねは、はっとした。

（い、いかん……限界オタクになってしまった……）

早口句読点なしで喋《しゃべ》ってしまうのはオタクの癖《くせ》だ。この場合はアイドルオタクではなく、演技オタクの方だけれど。

「――終わった？」

タイミングよく、巳甘《みあま》が入ってきてくれた。助かった。

「どう？　問題なかった？」

訊《き》かれたのが自分だとわかって、すずねは慌《あわ》てて、はい、と答えた。

「NGなしでしたし、すごかったです」

「すずねが言うなら、OKね。わたしもあとで聞いておくわ。じゃあ、二人ともお疲《つか》れさま。鐘月《しょうつき》も今日はこれで終わりだから、二人で交流でも深めたら？」

「え!?」

すずねは、嬉《うれ》しさで思わず聞き返してしまった。

そうできればいいな、とこっそりと心のどこかで思ってはいたが、いきなり誘《さそ》うとかパワハラかも、と躊躇《ちゅうちょ》していたのだ。

だが、担当マネからの言葉なら、これはもはや業務！

「それじゃあ……お茶でもする？」

嬉《うれ》しさを押し殺して、すずねは訊《たず》ねた。一瞬《いっしゅん》の間が、数分にも感じた。

「……えっと、仙宮《せんぐう》さんがよければ」

（やった！）

心の声が喉《のど》の奥から飛び出してきそうになったのを何とか抑《おさ》えつけ、口角が上がりそうになるのも我慢《がまん》して、じゃあそうしよっか、と何とか答えた。

☆

「あの、お茶よりお酒にしませんか？」

どこにしよっか、と水を向けて返ってきた言葉に、すずねは驚《おどろ》いた。

かりんの口から、お酒、という単語が出てきたことが、意外だったのだ。

考えてみれば、彼女も二十歳《はたち》を越《こ》えているのだから少しも不思議ではない。しかし、アイドルとお酒が、すずねの中で結びついていなかった。

でも、願ったり叶《かな》ったりだ。

ケーキと紅茶（またはコーヒー）では、そんなに長くいられない。仲良くなれば、なんであれどこであれ、半日でも一日中でも一緒《いっしょ》にいられる自信があるが、こっちは一方的に知っていても、今はまだ初対面のようなもの。

しかしお酒とごはんなら、少なくとも二時間くらいは、もしあまり話が弾《はず》まなくても、一緒《いっしょ》にいられる。いることになる。

すずねはスマホを見た。

現在、十七時四十分。夕飯の時間には少し早いけれど、十八時にはほとんどの店は看板を出しているはずだ。

「い、いいよ？　どこか行きたいお店とかあるの？」

「そうじゃないんですけど……少しお腹空《なかす》いたので。この辺りはあまり詳《くわ》しくないので、仙宮《せんぐう》さんにお任せしてもいいですか？」

空腹のかりんさま！　かわいい！

「じ、じゃあ、少し歩くけど、わたしの知ってるお店でいい？　個室もあるから、空いてたら予約しちゃうけど……」

「ありがとうございます、お願いします」

「じゃあ、ち、ちょっと待ってね……」

すずねは、弾《はず》む心でスマホを操作した。指が震《ふる》える。いま頭に浮《う》かんでいるのは、創作中《そうさくちゅう》華《か》の店で、ホームページから個室の空きの確認《かくにん》、予約ができる。

よかった。二部屋空いている。

埋《う》まってしまわないうちに素早《すばや》く予約を完了《かんりょう》する。何度も利用しているので、いちいち連絡《れんらく》先を打ち込まなくてもいいから早い。

「予約できた。創作中華《そうさくちゅうか》のお店だけど、食べられないものとかある？」

「大丈夫《だいじょうぶ》です。かなり辛《から》いものだっていけます」

それ知ってる！　と言いそうになって、ぐっと呑《の》み込《こ》んだ。彼女がネット番組に出たときに、激辛《げきから》料理対決をさせられていたのを見た。

番組の内容を知った時は、なんてことをさせるのか、と怒《いか》りに震《ふる》えたが、メンバーが次々と脱落《だつらく》する中、見事食べ切って競争相手の、たいして売れてもいないくせに煽《あお》りだけはうざい芸人を打ち破ったときには、スマホの前ですずねも吠《ほ》えた。

結果ありきのＴＶショーだったのかもしれないが、かりんの頑張《がんば》りだけは本物だった。そうでなければ、くちびるが腫《は》れるまで食べるものか。

「じゃあ、行こっか」

スキップしそうになるのを必死に我慢《がまん》して、すずねはくるりと踵《きびす》を返《かえ》して歩き出した。

かりんが隣《となり》を歩いている。推《お》しと歩いている。夢のようだ。この状況《じょうきょう》でチラ見するのを耐《た》えるのは、とてもつらい。つらいけれど幸せ。

感情がちぢに乱れる中で、しかしすずねは、ただひとつのことを心に決めた。

それは――ファンであることを彼女に知られないこと。

かりんはもうアイドルではない。

辞《や》めてこの業界に入ったのに、周りがいつまでも過去の彼女をいじったら、きっと迷惑《めいわく》だ。

もちろん事務所は彼女の過去の栄光を営業に使うだろうが、それと自分たちは関係ない。

まったく触《ふ》れないのもおかしいから、普通《ふつう》の興味として、アイドル時代のことを聞くくらいはかまわないとは思うが――むしろまったく触《ふ》れない方がおかしい――一人の声優として接するべきだろう。

「あ――」

当たり前のように歩いて向かおうとしていたことに気づいて、すずねは足を止めた。

「ごめん、タクシーにする？　二十分くらい歩くんだけど」

「全然、平気です。今日、歩ける靴《くつ》ですし」

とん、と踵《かかと》を鳴らす感じで見せてくれた靴《くつ》は、ローヒールのボタンアップブーツだった。ツートンのカラーでかわいらしい。

「よかった。わたし、三十分くらいなら当たり前に歩こうとしちゃうとこあるから、そんな遠いなら言ってよ！　って怒《おこ》られることあるんだよね」

「そうなんですか？　わたしもよく歩きますよ。一日、一万歩は普通《ふつう》です」

「え、わたしも！」

共通点を見つけて、すずねは舞《ま》い上《あ》がった。タクシーは楽だけれど、どうしたって話の内容はドライバーに気を使ってしまう。その点、歩きながらなら、気兼《きが》ねなくいろいろ話せる。

今日は天気もいいし、暑くもない。風も心地《ここち》よい。推《お》しを独《ひと》り占《じ》めできる店までの二十分、大事にしなければ。

すずねは、まずはたわいのない話題、と考えを巡《めぐ》らせ、とりあえず、マネージャーの巳甘《みあま》のことからかな、と思った。

武勇伝なら、そこそこある。きっと、楽しい時間になるだろう。

☆

「それじゃあ、お疲《つか》れさまでした」

水滴《すいてき》の浮《う》いたほっそりとしたグラスを手に、すずねはそう音頭《おんど》を取った。何に対してお疲《つか》れさまなのかわからないが、慣例のようなものだ。

「お疲《つか》れさまです」

かりんも流れるように返してくれる。さすがに慣れていると感じる。

ちん、とグラスの縁《ふち》を軽く合わせて、一口呑《の》む。ふわっとした泡《あわ》とホップの苦味が、口の中をさっぱりとしてくれる。ビールを美味《お》しいと思えるようになったのは、最近のことだ。

結衣香《ゆいか》はウイスキーやブランデーを好むが、あの美味《お》しさは、まだわからない。

料理はアラカルトで頼《たの》んだ。

店のおすすめは、エビマヨ。面白《おもしろ》いのは、くるんと丸まっておらずピンと伸《の》びていて、とても食べやすいこと。あまり甘ったるくないのもいい。

他にはそれぞれ食べたいものをいくつか。

かりんは麻婆豆腐《マーボーどうふ》を頼《たの》んでいて、本当に辛味《からみ》に強いらしいとわかった。あとはピータンと大根餅《だいこんもち》。それに四角い春巻きなども。

（ああもう、夢みたい！）

推《お》しとテーブルを囲めるようになるだなんて、一月前の自分に言っても信じないだろう。季節はずれのエイプリルフールか、配信番組のドッキリだと思うに違《ちが》いない。

（ドッキリじゃないよね……？）

ふと不安になって、ここまでのことを思い返したが、その心配はなさそうだった。この店を決めたのは自分だし、そもそも自分を引《ひ》っ掛《か》ける理由がない。

台本が今日になったのも、サンプル録《ど》りが同じ時間だったのも、幸運な偶然《ぐうぜん》だ。

エビがぷりぷりだとか、一日一万歩も歩くのはアプリのゲームのためだとか、そんなたわいのない会話を交《か》わした。

なんて幸せな時間。

顔がかわいいのはもちろん、やはり、声も好きだ。それに今は、握手会《あくしゅかい》やライブのMCでのトーンよりも若干《じゃっかん》落ち着いていて、素《す》を感じる。

その贅沢《ぜいたく》さに、とろけてしまいそうだったが、にやけるのだけは堪《こら》えた。

そんな時間が流れ、二杯目《はいめ》のビールが運ばれてきて個室に再び二人きりになったとき、

「あの……率直《そっちょく》に言って、どうでしたか？」

と、かりんが言った。

何のことかは、訊《き》かなくてもわかる。

「サンプル？」

「はい」

なるほど、それでお酒か、と納得《なっとく》した。評価を聞くのは怖《こわ》いものだ。切り出すのも受け止めるのも、少しだけアルコールの力を借りたいもの。

「よかったよ？」

ビールでくちびるを湿《しめ》らせて、素直《すなお》な感想を口にする。けれど、かりんの眉《まゆ》は微《かす》かに曇《くも》る。

お世辞を言っているかもしれないと思ったのだろう。そんなことはない。

「というか、驚《おどろ》いた。新人の技量じゃなかったもの。特に、少年声！　あれ、すごかった。どうしたら、あの声が出るの？　あと、鐘月《しょうつき》さん、お芝居《しばい》やってた？」

こちらの熱量で、嘘《うそ》でないとわかったのか、かりんの肩《かた》がほっとしたように下がる。

「少年の声は、昔から得意で……披露《ひろう》する場所はなかったんですけど。演技は勉強をしただけで、具体的に舞《ぶ》台《たい》に立ったりとかはないです」

「そうなんだ。勉強って、アイドルを辞《や》めてから？――あ、ごめん」

彼女が突然《とつぜん》卒業してしまった理由は、今もって明らかになっていない。

ネットではいろいろと言われていたが、真実は霧《きり》の中だ。彼女自身が語っていないことにこちらから踏《ふ》み込《こ》むのは、よくなかったかもしれない。

「あはは、大丈夫《だいじょうぶ》ですよ？」

少し酔《よ》ったのか、かりんは僅《わず》かに姿勢を崩《くず》した。髪《かみ》が軽く片目を隠《かく》して、ちょっと色っぽい。

（この一瞬《いっしゅん》を切り取りたい！）

ファンの欲望がむくむくと頭をもたげ、スマホに手が伸《の》びそうになるのを、すずねは必死に抑《おさ》えつけた。でも、あとでツーショットを撮《と》るくらいはいいかもしれない。事務所の先輩後輩《せんぱいこうはい》としてなら、そのくらいはありだろう。

「わたし、声優になりたくて、ディアゴナルを卒業したんです」

「え⁉　そ、そうなの⁉」

初耳だ。いや、それは当然なのだが、そもそも、かりんにそんな夢があったということを初めて知った。彼女の記事なら網羅《もうら》していたと思うが、どこにも書かれていなかった。

「というか、そもそもわたし、声優になりたくて、前の事務所に入ったんですよ。ディアゴナルだって、新人声優ユニットプロジェクトだって言われて、始めたんです」

またまた驚《おどろ》きだ。その話も初耳だった。ディアゴナルに関しては、声優のせの字も出てきたことはなかったと思う。

「ところが、全部嘘《うそ》で。どうしてもわたしにアイドルをやらせたくて、適当に嘘《うそ》ついて騙《だま》したんですよ。動き出しちゃえばどうとでもなると思ったんでしょうね」

くちびるを尖《とが》らせて、ふん、と鼻を鳴らす。

怒《おこ》っているような、拗《す》ねているような、そんな横顔もかわいらしい。

ちゃんと聞いてはいるが、つい見つめてしまう。

「まあ実際、その通りになったんですけど。わたしも馬鹿だから、いつか、とか、そのうち、とかいう話を信じて……実際、声優ではなかったけど、アニメのお仕事にも携《たずさ》わらせていただいたし」

主題歌のことか――どれも神曲だった！

「でも、さすがにわかるじゃないですか。ああ、こっちじゃなかったんだな、って。でも、応《おう》援《えん》してくれるファンの人たちも、ディアゴナルのみんなも大好きだったし、大箱での単独ライブができるまでは頑張《がんば》ろうって決めて、その間にやれることはやろうと思って、事務所の先輩《せんぱい》の俳優さんの伝手《つて》で声優さんを紹介《しょうかい》してもらって、その人に紹介《しょうかい》してもらった別の声優さんの個人レッスンをずっと受けてたんです」

「……その人の名前、聞かせてもらっても？」

いいですよ、と言った彼女の口から出た名前は、すずねも当然のように知っている先輩《せんぱい》声優だった。確か、専門学校で講師もしていたはず。

なるほど、ブースでの慣れた感じは、どうすればいいか知っていたからか。

にしても、かりんの人脈がすごい。すずねも現場で何度か一緒《いっしょ》になったことしかない、大先《だいせん》輩《ぱい》のレッスンを個人的に受けられるのだから。

「でも、いいの？　ほとんど初対面のわたしに、そんなぶっちゃけたこと話しちゃって。いやまあ、訊《き》いたのはわたしなんだけど……」

「構いません。軽い気持ちで声優になったわけじゃないってこと、本気だってこと、知ってほしかったので。……巳甘《みあま》さんにも、味方を作りなさい、って言われましたし」

「それが、わたし？　なんで、わたし？」

胸が騒《さわ》ぐ。

もしかして握手会《あくしゅかい》に参加していたことを覚えていて、認知《にんち》されていたのではないか、という期待と、それはそれで今後どう接したらいいのだろう、という不安の両方で。

「仙宮《せんぐう》さんはいい人だから、ってマネが」

「そ、そう……」

それ以外になんと言ったらいいかわからず、すずねはグラスに口をつけて、続く沈黙《ちんもく》の理由を誤魔化《ごまか》した。

巳甘《みあま》がいったいどういう意味で言ったのか、ちょっと考えてしまう。

人の世話を焼きがちなのは自覚しているし、後輩《こうはい》には懐《なつ》かれたいタイプだけれども、都合のいい人みたいに思われているのなら、さすがにもやもやする。

「巳甘《みあま》マネ、仙宮《せんぐう》さんは、まっすぐにぶつかれば、しっかり受け止めてくれるって。だから、隠《かく》さずに話しました。わたしは本気だから」

追《お》い討《う》ちの言葉に、すずねは赤くなった。

推《お》しに至近距離《きより》で見つめられていることもだけれど、一時でも、巳甘《みあま》を懐疑的《かいぎてき》に思った自分の性根《しょうね》の汚《きたな》さに、恥《は》ずかしくなった。

「そんなたいした人じゃないよ？　わたし」

エビマヨをつつく。少し冷めてしまって、マヨネーズが固まりかけている。熱いうちに食べればよかった。

「そうですか？」

小首を傾《かし》げ、かりんはそのエビマヨを摘《つま》んで、ぱくりと食べた。

ふふ、と笑う。

「おいし」

☆

（いい子だなあ……）

家に帰って入浴を済ませ、だぶっとしたスウェットに着替《きが》えたすずねは、ベッドの上で抱《だ》き枕《まくら》に四肢《しし》を絡《から》ませながら、夢のような時間を反芻《はんすう》した。

結局、三時間も過ごしてしまった。

ビールから紹興酒《しょうこうしゅ》に進み、最後は甘い香りの烏龍茶《ウーロンちゃ》を何杯《ばい》かおかわりしてしまった。

プロに指導を受けたというだけあって、業界の基本的なことは、知識としてはわかっているみたいだった。

だが、仕事の話はあまりせず、とはいえ、プライベートには踏《ふ》み込《こ》まず、たわいのないことばかりを喋《しゃべ》っていたように思う。

それでも彼女が本当にアニメが好きなのだということはわかった。毎期、放送される作品はとりあえず数話は見て継続《けいぞく》を決めているそうだし、知識量もかなりのものだった。

むしろ、すずねの方がついていけなかった。この仕事を始めてから、純粋《じゅんすい》にアニメは楽しめなくなってしまって、アイドルやドラマの方に嵌《は》まるようになっていたというのもある。楽しげにアニメのことを語る様子に、仕事目線で見るのをやめたいなあ、と感じた。つい演者の技術に意識が向いてしまうのは、職業病だ。

素晴《すば》らしい時間だった——が同時に、少しだけ寂《さび》しさも感じた。

目の前にいたのは正真正銘《しょうしんしょうめい》、ディアゴナルの絶対的センター、鐘月《しょうつき》かりんだったのに、すずねが沼《ぬま》に嵌《は》まったアイドルではなかった。

超新星《ちょうしんせい》みたいな明るさと輝《かがや》きはすっかり穏《おだ》やかになり、思い切り弾《はず》ませたスーパーボールみたいだったテンションも落ち着いて、大人という感じだった。

当たり前のことだけど、彼女はアイドルを演《や》っていたのだ。

それを裏切りとは思わないし、がっかりもしなかった。こうあるべき、という自分はすずねにもある。仕事の自分にも、プライベートの自分にも。

ただ、本当に卒業しちゃったんだなあ、と実感した。紹興酒《しょうこうしゅ》を嘗《な》めて『面白《おもしろ》い味ぃ』と笑うかりんは、二十二歳の普通《ふつう》の女の子だった。

部屋中にあるディアゴナルのグッズの数々はいまも眩《まぶ》しいが、急にどこか懐《なつ》かしいものに変わってしまった感じがする。

（けど、良かった……新しい道を見つけてて）

彼女的には、本来の夢に立《た》ち戻《もど》ったということなのだろうけど、かりんがアイドルを辞《や》めて次に何をするのか、本当に案じていたのだ。まさか声優だとは微塵《みじん》も想像していなかったが、本気なのはとてもよくわかった。

スマホが鳴って、新着メッセージが届いたことを知らせてくれた。ロック画面を見ると、ポップアップが表示されていて、かりんからだった。

ぐん、と気持ちが昂《たか》ぶる。

(こんなことってある⁉)

先日までの自分には、微塵《みじん》も考えが及《およ》ばなかった幸せ。

食事終わりに彼女の方から、

『あの……ＩＤ交換《こうかん》してもらえませんか？』

と言ってくれたのだ。

断るわけがない。秒でスマホを出して、ＩＤを交換《こうかん》した。すぐに二人だけのグループを作った。ここには絶対に他の人は入れない。そう決めた。

アプリを開くと、

『今日はありがとうございました。すごく楽しかったし、ためになりました。またごはんしてくれると嬉《うれ》しいです。』

と書いてあった。

(するよ！)

と、感情のままに返信しそうになって、すずねは深呼吸した。危ない危ない。そんな真似《まね》をしたら、がっついていると思われる。ここは先輩《せんぱい》としての余裕《よゆう》を見せねば。

『こちらこそ、楽しかったです。何かわからないことがあったら、気軽に連絡《れんらく》ください。ぜひまたごはん行きましょう。』

「………」

すぐには送らず、一分ほど待つ。

（よし、送信！）

メッセージが飛んで行くのが、ビジュアル化されて表示される。すぐに、既読《きどく》がついた。

早い！

ひょっとして返信を待っていてくれたのだろうか、と勘違《かんちが》いしてしまいそうになる。真相は普通《ふつう》に、送ったあとでスマホをいじっていただけのことだろうけれど。

などと考えていたら、

『ぜひお願いします。社交辞令じゃなかったら、嬉《うれ》しいです。』

と速攻《そっこう》で返ってきた。

『もちろん、違《ちが》いますよー。』

こちらもすぐに返す。

ぽぽん、とまたすぐに返ってくる。

『よかった。事務所、今度いつ行きますか？』

『たぶん、来週になると思います。』

『じゃあ、はっきりしたら教えてください。わたし、しばらく暇《ひま》なので。』

（ぐ、ぐいぐい来るなあ……）

嬉《うれ》しいけれど、なんだか、このまま友達になってしまいそうなノリに、ちょっと戸惑《とまど》う。そんなのいいのだろうか、と
こっちは一方的にアイドルの彼女を知っているけれど、向こうはこっちをほとんど知らないはずだ。それともこれが今の若い子のスタンスなのだろうか。

などと考えていたら、

『あと、こっちも敬語じゃなくていいですよ。わたし、新人なので！』

と、また届いた。

『うん、わかった。』

推《お》しにそんな無礼な真似《まね》は、とも思ったが、それが推《お》しの願いならば、気をつけながらタメ口調に打っていこう、とすずねは決めた。

『そういえば、巳甘《みあま》さんて――』

（まだ続く⁉）

今の子ってなんかすごい、と焦《あせ》りながら、結局このあと、メッセージのやり取りは二時間ほ

ど続いた。

翌日の収録、台本をめくる指が、ちょっと筋肉痛だった。

4

「ずいぶんと懐《なつ》かれてるみたいじゃない？」

いつものバーのカウンターで、年代もののウイスキーを前に気だるげに頬杖《ほおづえ》をついて微笑《ほほえ》んだ結衣香《ゆいか》の細めた目には、いたずらっぽい光が揺《ゆ》れている。

今日は来期アニメの最終回の収録があり、そのあとのミニマムな打ち上げに、ゲストで出演していた結衣香《ゆいか》も参加していたので、いいところで抜《ぬ》け出《だ》してきた。そうしないとオールで付き合わされるのが、常であったので。

「あはは、みたいですねぇ」

十年物の梅酒をロックでグラスの中で波打たせながら、すずねは、うーん、と唸《うな》った。

確かに、メッセージのやり取りは毎日のようにしているし、事務所で会えば弾《はず》むように跳《と》んできて、アイドル時代のような笑顔《えがお》を咲《さ》かせてくれる。

だがあれから、一度もごはんは行っていないし、遊びに出かけたりもしていない。主にすずねのスケジュールが空いていないのだけれど。

彼女と日々、どうでもいいやり取りをするのは、それはそれで楽しいのだけれど、それだけだった。使っているコスメ、好きな服のブランド、食べ物の好み、そうしたことは知ったが、個人情報的なことは訊《き》かれないし訊《き》いていない。仕事のことは彼女が一方的に質問してくるだけで、こちらからアイドル時代のことは訊《き》けなかった。

「でもちょっと、どこか変だなって感じなくもないんですよね」

「何が？」

「距離《きょり》の詰《つ》め方《かた》が強引《ごういん》というか。初日からすごいぐいぐいでしたし。それはまあ、そういう性格なのかな、と思うんですけど、でも事務所で会うと何かこう、わざと周りに仲の良さを見せつけるように接してくるっていうか……わたしが行くと、だいたいいますし」

訊《き》かれるまま、スケジュールを教えているのは自分なのだが。

「いや、偶然《ぐうぜん》ですよね！　やだなあ、自意識過剰《かじょう》！」

梅酒を呷《あお》る。

ぐいぐいこられるのは、全然嫌《いや》ではないのだけれど、どうしてわたしなんかと？　と思ってしまう自分がいるのだ。

「そんなこともないんじゃない？」

「え？」

「あの子がうちに入ったのを面白《おもしろ》くなく思ってる子もいるから、すずと仲がいいことを見せて牽制《けんせい》してるんじゃないかな」

「わたしと仲がいいと、なんで牽制《けんせい》になるんですか」

「そりゃあ、すずはイアーポの稼《かせ》ぎ頭《がしら》だもの。自分に何かしたらすずに言うから、ってことでしょ？」

「わたし、別に何もできませんよ？」

「すずの実際がそうでも、人を妬《ねた》んで何かしようって人間はそうは思わないものよ。自分だったらそうやって上に言いつけると思うから、牽制《けんせい》になる」

結衣香《ゆいか》の手の中で、グラスの氷が、かろん、と音を立てた。

「……それって、かりんさまもそういう人間だっていうことですか？」

「彼女の場合は、アイドル時代の経験で学んだんじゃない？　寄らば大樹の陰《かげ》ってやつ」

「つまり、わたしは利用されているかもしれない、と」

「嫌《いや》？」

「――いえ、まったく」

すずねはきっぱりと言い切った。

「むしろ光栄かと。仲良くするだけで、新しい道に踏《ふ》み出《だ》した推《お》しの役に立てるなんて！　なるほど。今の話なら、わたしなんかと推《お》しが仲良くしてくれるのも納得《なっとく》です」

うん、と頷《うなず》く。

疑問は氷解し、もやもやは晴れた。やはり結衣香《ゆいか》は頼《たよ》りになる。

けれど、その彼女の片方の眉《まゆ》は、ちょっと呆《あき》れたみたいに上がる。

「あんたってば……そういうとこよ？」

「はい？」

首を傾《かし》げると結衣香《ゆいか》は、仕方ないなあ、と言いたげに苦笑《くしょう》した。

「いい、いい。あんたはそのままでいて。そこがすずのいいところなんだから」

「？　はい」

意味はわからないが、たぶん誉《ほ》められたのだろう。

「で？　どうなの、彼女は」

「どう、とは？」

結衣香《ゆいか》のくちびるに、面白《おもしろ》がるような笑《え》みが浮《う》かぶ。

「最推《さいお》しと奇跡《きせき》的な形で再会できたわけでしょ？　運命とか感じないの？」

「神さまありがとうございます、と感謝してます。あれだけ足りなかった推《お》しの供給が、今や過多ですから。溺《おぼ》れちゃいそうです。こんな幸運がやってくるなんて……わたし、明日にも死んじゃうんですかね？」

「死なないわよ」

結衣香《ゆいか》は声を立てて笑う。

「そうじゃなくて、彼女はもうアイドルじゃないわけでしょ？」

「まあ……そうですね」

そのことを考えると、ひやりとした冷たさが胸に広がる。

「すずにとって、推《お》しなのは変わらないのかもしれないけど……」

それはもうたぶん、ずっとだ。

「……女としてはどうなの？」

一瞬《いっしゅん》、何を言われたのかわからなかった。

きょとんとしてしまう。

「考えたこともなかった？」

うふふ、と結衣香《ゆいか》は笑う。

「彼女だってアイドルじゃなくなったら、恋愛《れんあい》も解禁じゃない？　チャンスだと思うけどな。それともそういう気持ちは、欠片《かけら》もない？」

驚《おどろ》きすぎて、声が出なかった。

（かりんさまと……恋《こい》？）

自分はガチ恋勢《こいぜい》ではないと思っていたすずねは、想像したこともなかった。

鐘月《しょうつき》かりんを推《お》しているのは、主にそのパフォーマンスが素晴《すば》らしいからだ。だがそうなると、アイドルを辞《や》めてしまった今はもう、推《お》す理由がないということになってしまう。

けれど、そんなことはない。

毎日メッセージのやり取りをしているだけで、供給は止まらない。心が満たされるし、写真集やグッズを眺《なが》めるときの気持ちも違《ちが》う。卒業してしまったあとは、懐《なつ》かしんだり悲しんだりするばかりだったが、今は現役《げんえき》のときのように楽しく見られる。

「わ、わたしは先輩《せんぱい》ですから……」

グラスを口につけ、梅酒を流すように呑《の》んだ。冷たいのに喉《のど》が熱い。どきどきする。

結衣香《ゆいか》に指摘《してき》されるまで、気づかなかった。

アイドルを辞《や》めてしまったかりんさまを、どうして、何を、今も推《お》しているのだろう。

☆

「再来期のオーディション、こんな感じで行こうと思うけど、どう？」

事務所で巳甘《みあま》から渡《わた》された資料を、すずねは、一作一作、丁寧《ていねい》に見た。

今、新作アニメーションは毎期、五十本以上作られている。レギュラーキャストは一本、四、五人なので、おおよそ百人がメインを張れることになる。が、一人が複数番組のレギュラーを演《や》るのも珍《めずら》しくないため、実際はもっと少ない。

さらに、全部の新作のオーディションを受けられるわけではない。事務所によっては募集《ぼしゅう》がこないこともあるし、話があっても事務所ごとに一作に受けられる人数は決まっているので、まずはそこに入らなければならない。

事務所は所属声優に合格してもらわなければ商売にならないので、必然、売れている役者にチャンスが多く回ることになる。

結果、門はますます狭《せま》くなる。

幸い、すずねは毎期、二十本くらいはオーディションを受けさせてもらっている。合格するのは三本か四本だけれども、それでも合格率は高い方だ。

すずねは全ての資料に目を通し終わると、頷《うなず》いた。

「大丈夫《だいじょうぶ》です。全部、受けさせてください」

「了解《りょうかい》。あと、外画《がいが》のオファーが来てる。演《や》るんなら、初日の舞台挨拶込《ぶたいあいさつこ》みになるけど」

「演《や》ります」

資料を見ることなく即答《そくとう》した。

正直、すずねは映画の舞台挨拶《ぶたいあいさつ》はあまり好きではなかった。最近は声優以外の芸能人が声を当てることも多いので、同じ舞台《ぶたい》に登壇《とうだん》しても絡《から》み方《かた》がわからないし、ほとんどの観客はその芸能人が目的だから、自分がいてもいなくてもたいして変わりがない。

そういう時間は、むなしいものだ。

とはいえ、指名でお仕事をいただけたものを、無下《むげ》に断ることはしない。巳甘《みあま》が持ってきてくれたのだから、合わない仕事ではないだろうし。

「オッケー。それじゃあ、これで調整して、あとでスケジュール出すわ」

「よろしくお願いします」

任せとけ、と笑って、巳甘《みあま》はすずねの肩《かた》を軽く叩《たた》き、自分の机に戻《もど》っていった。

すずねはこのあと、テレビ番組のナレーション録《ど》りがある。事務所の地下スタジオなら楽なのに、テレビ局に出向かなければならなかった。

移動はタクシーを使った方が楽なのだが、渋滞《じゅうたい》に巻き込まれるのが怖《こわ》い。以前それで平謝《ひらあやま》りしたことがある。以来、電車を使うことにしている。

資料をまとめてトートバッグに入れて、よいしょ、と肩《かた》に担《かつ》ぎ、

「お先に失礼しまーす」

と言って事務所を出た。

ホールでエレベーターが上がってくるのを待ちながら、今回は何本合格できるかな、と考えた。中学の頃《ころ》は、まさかこの年になっても試験みたいなことをしなければならないとは、想像していなかった。

しかも毎回、入試レベルの感情の揺《ゆ》らぎを味わわされる。その上、入試と違《ちが》い受かれば舞《ま》い上《あ》がるくらい嬉《うれ》しいし、落ちれば泣けてくるくらい悔《くや》しい。

って発表の日時がわからないから、待っている間のストレスは半端《はんぱ》ない。

中には、キャスト発表があるまで合否がわからないものまであるから、気持ちの切《き》り替《か》えが大変だ。いくら考えないようにしても頭の隅《すみ》に、掃除《そうじ》をサボった部屋の埃《ほこり》みたいにもやもやとある。

ぽん、と電子音と共にエレベーターが到着《とうちゃく》し、扉《とびら》が開いた瞬間《しゅんかん》、

「あ」

と思わず声が出た。

「お、おはようございます！」

慌《あわ》てて一歩下がり、頭を下げる。勢いがつきすぎてトートが肩《かた》からずり落ちそうになる。

「……おはよう」

少し不機嫌《ふきげん》そうな声でそう返してくれたのは、結衣香《ゆいか》の同期で、すずねにとっては事務所の先輩《せんぱい》である、賀彌河麻実《がみかわまみ》だった。

正直、すずねは彼女が少し苦手だった。いつもぴりぴりしているし、言葉にいちいちどこか棘《とげ》がある。結衣香《ゆいか》によると昔は違《ちが》ったらしいが、すずねは今しか知らないので、苦手でなくなることはなかった。

「お先に失礼します」

そう言って脇《わき》を抜《ぬ》けようとしたところを、

「ねえ」

と呼び止められた。

さすがに、聞こえない振《ふ》りはできない。足を止めて、はい、と答えた。目の前でエレベーターの扉《とびら》が閉まり、軽く唸《うな》りながら下りていく。

仕方ない。

胸の内で息をついて、すずねは賀彌河《がみかわ》に向き直った。

微笑《びしょう》で、なんでしょう、と問いかける。

賀彌河《がみかわ》は、ちょっとこっち、と事務所の入り口から見えにくい場所に、ついて来るように態度で示した。

エレベーターの前に立っていては邪魔《じゃま》になるので従ったが、できるだけ早く切り上げたかった。まだ時間に余裕《よゆう》はあるが、局に入る前にカフェで台本の読み直しをしたい。

かつては喫煙所《きつえんじょ》があった、壁《かべ》が少し茶色く染まった隅《すみ》に立ち、賀彌河《がみかわ》は舌打ちが聞こえそうな顔ですずねを見た。

「……あなた、あの元アイドルと親しくしてるみたいだけど、やめた方が良くない？」

いきなりそう言われた。

一瞬《いっしゅん》、混乱したが、すぐにかりんのことだとわかった。

「評判良くないわよ？　コネを使いまくってうちに入ったって。上も来期のオーディションに相当ねじ込んだみたいじゃない。一緒《いっしょ》にいると、あなたも、そのおこぼれで仕事を取ったと思われるわよ？」

まさか、とは思ったが、言葉にはしなかった。

反論すれば長くなる。こういうときは、適当に笑って流すのが大人の処世術――なのだが、本気で笑いそうになった。

何故《なぜ》、かりんと仲良くするとマネージャーが仕事を持ってきてくれるというのか。

（え？　もしかして、かりんさまって、芸能界のすごい大物？）

と、思考がふざけたが、そんなわけはないだろう。うちの事務所に入るのに多少のコネは使ったかもしれないが、移籍《いせき》に当たって伝手《つて》を頼《たよ》るのは普通《ふつう》のことだ。誰《だれ》それの紹介《しょうかい》で、なんて話なら珍《めずら》しくない。

かりんがどのくらいの数、来期のオーディションを受けるのかは知らないが、彼女の経歴を考えれば話題性先行で使ってみたいと思うのは不思議ではないし、もし本当にねじ込むなら、オーディションなんて飛び越《とこ》して直接指名で役を取ればいい。

そう伝えると、

「あなた、馬鹿ね」

鼻で笑われた。

「形だけのオーディションで、実力で勝ち取ったことにするんじゃない。よくあるやらせでしようが。あんな子と親しくしてると、あなたもそうだと思われるわよ？」

（はあ？）

かちんときた。

自分がそう思われることが、ではない。推《お》しがそんなことをすると思われたことが、だ。

馬鹿にするな。

鐘月《しょうつき》かりんが、どれだけ努力家か、知らないくせに。

推《お》しをやっていれば、みんな知っている。本当は声優になりたかったのかもしれなくても、彼女はアイドルを懸命《けんめい》にやっていた。歌を、パフォーマンスを見ていればわかる。そこには一切《いっさい》の手抜《てぬ》きはなかった。

「あの――」

言ってやる、と口を開きかけたとき。

エレベーターが到着《とうちゃく》して、扉《とびら》が開いた。

「あ、おはようございまーす」

（かりんさま！）

だった。

今日は、袖《そで》を捲《まく》り上《あ》げたプリントトレーナーにバギーパンツという服装で、キャスケットをひさしで片目が軽く隠《かく》れるくらい斜《なな》めにかぶっている。肩《かた》にかけているのはボンサック。片耳だけに、錨《いかり》の形をしたイヤリングが揺《ゆ》れている。

（今日も、かわいい！）

にこやかに、こちらへやってくる。

今度こそ本当に、賀彌河《がみかわ》は舌打ちをし、

「おはよう」

と呟《つぶや》いて、かりんとは目を合わさずに、事務所へ入って行った。打って変わったはつらつとした声で、おはようございます、と言いながら。

すずねは肩《かた》を下げて、息をついた。トートがずり落ちそうになる。

怒《おこ》るタイミングを逸《いっ》してしまった。

学生時代を思い出して、嫌《いや》な気持ちになった。あなたのため、と言いながら自分の側に引き込もうとする人間というのはいる。

社会人になってから会ったのは初めてだったし、ずっと個人事業主でやってきたのでわからないが、会社員なら大人でもあるあるなのだろうか。

（今度、巳甘《みあま》さんに訊《き》いてみよう）

下衆《げす》な気持ちからではなく、好奇心《こうきしん》は演者のエネルギーだ。

「なにかありました？」

賀彌河《がみかわ》の背中を見ながら言ったかりんに、すずねは首を振《ふ》った。

「……それで、今日はどうしたの？」

今朝のメッセージでは、事務所に来るようなことは言っていなかった。もっともそれは自分も同じではあったが。

「オーディションのことで巳甘《みあま》さんに呼ばれて。仙宮《せんぐう》さんは？」

「わたしも同じ」

「そっか……あの、何かアドバイスとかありませんか？」

「え？」

「どんなのを選んだ方がいいとか、そういうの、あったら聞きたいです」

いやいやいや。

感覚の違《ちが》いに、すずねは驚《おどろ》くと共に少し焦《あせ》った。マネに推《お》しが驕《おご》っていると思われないだろうか、と。

「えり好みなんてしないって。基本、頂いたお話は全部受けます。巳甘《みあま》さんは一応、NGを聞いてくれるけど、持ってきてくれた段階で精査されてるわけだから」

へえ、とかりんは驚《おどろ》く。

それにしても、さすがだ。端《はな》から複数のチャンスがあると思えるのは、これまでの自分に自信があるからだろう。

彼女は鐘月《しょうつき》かりんなのだから、当然だけれども。

「……その辺はこっちも一緒《いっしょ》かぁ」

なるほど、とかりんは頷《うなず》く。

「じゃあ、そうします。巳甘《みあま》さん、仙宮《せんぐう》さんが信頼《しんらい》してるなら安心ですし」

謎《なぞ》に信じられている気がする。

頼《たよ》られるのは嬉《うれ》しいが、誰《だれ》にでもこうなのだとしたら、少し心配だ。

同じ芸能の世界でもアイドル界の方が油断がならず、そこでやってきたかりんはしっかりしているはず、と思っていたのだが——偏見《へんけん》だったのだろうか。

「あの仙宮《せんぐう》さん……今日、時間あるなら、待ち合わせてお茶でも——」

「あ、ごめん。このあと、テレビ局でナレーションの収録」

「そうでしたか……。いえ、こっちこそすみません。それじゃあ、また今夜、メッセージしますね？　がんばってください！」

「うん、ありがとう」

すずねの答えに、かりんは笑《え》みを返事にして、踵《きびす》を返《かえ》して事務所へ向かった。すずねもエレベーターの前に移動して、ボタンを押す。

いつから毎日メッセージのやり取りをするのが当たり前になったのか、思い出せない。気づいたら、という感じだった。

エレベーターが到着《とうちゃく》し、乗り込んで振《ふ》り向《む》くと、事務所の入り口にまだかりんがいて、小さく手を振《ふ》っていた。

扉《とびら》が閉まり切ってしまうまで、すずねも手を振《ふ》り返した。

なんだか、遠い昔に感じたことがあるこそばゆさを覚えたものの、それは決して嫌《いや》なものではなかった。

5

オーディションが近づくと、事務所はとても賑《にぎ》やかになる。

地下のスタジオで、テープオーディション用のサンプルを録《と》るためだ。いつもは少し待てば飛び込みでも使えるのだが、この時期だけは無理になる。

予約表はずっといっぱいで、マネージャーが調整で揉《も》めることもあるとか。もちろんそれを担当タレントに見せることはないが。

オーディション用のサンプルは、指名されたキャラクターの短めの台詞《せりふ》を、実際に演じてみせるものだ。

そのためには、役を自分の中に落としこまなければならない。原作があればそれを読めばいいが、オリジナル作品の場合は、設定から自分で想像するしかない。

すずねは一日の終わりに、その作業をする。Vチェック、台本チェックも、その時間だ。なるべくリラックスして、スマホも電源を切って、自分の中に潜《もぐ》る。

すずねのマンションは、楽器の演奏もできる完全防音が売りなので、ドアと窓を閉め切ってしまえば、いくら声を出しても大丈夫《だいじょうぶ》だし、外のノイズに邪魔《じゃま》されることもない。その分、家賃は高いが、必要な経費だ。

かりんとのメッセージもさすがに減った。それでも日を置くことはなかったが、やり取りだけで何時間も使うことはしなくなった。

そのかりんは、新人であるにもかかわらず、二十本のオファーがあったらしい。ゲスト役での指名が五本。メイン役でのオーディションが十五本。

すずねとほぼ変わらない数だった。事務所の、そして製作側の期待の大きさがわかる。

ひとつの役にイアーポでは、三、四人ほど受けさせる。

結果、何作かは、かりんと役を争うことになった。

オーディションは演技だけで合否が決まるわけではない。他の役者とのバランス、役への解《かい》釈《しゃく》、演者自身の話題性など、様々なことが加味される。

なので、いきなりかりんがメインキャラに選ばれることも十分ある。

それを素直《すなお》に、

(頑張《がんば》れ、かりんさま!)

とすずねは思う。

今は多く役をもらえているからそんな風に思えるんだ、という人もいるかもしれないが、それは違《ちが》う。推《お》しの幸せを第一に願うのは、ファンの基本だ。

かりんはいまだ、すずねの中で第一の推《お》しであり続けている。

アイドルとしての新しいパフォーマンスは見られなくても、代わりに彼女の素顔《すがお》や、プライベートでの装《よそお》いなど、アイドル時代には望んでも見られなかった部分を摂取《せっしゅ》できることで、完全なかりんが完成しつつある。

偶像《ぐうぞう》が受肉して、人に生まれ変わる過程を見せてもらっているような、そんな贅沢《ぜいたく》を味わわせてもらっている感がある。

それに昔ほどではなくとも、アイドル的な彼女をまた見られる可能性はある。

かりんはアーティスト活動をNGにしていない。映像番組への出演もだ。昨今、声優と一般《いっぱん》的《てき》な芸能人の垣根《かきね》はますます曖昧《あいまい》になっていて、アニメ発信のアイドルユニットも次々と誕生しているから、かりんがセンターの新ユニットもできるかもしれない。

すずねはアーティスト活動をNGにしているので、かりんと組むことはない。それでいい。推《お》しとファンの立ち位置としてはそれが正しいと思っているし、かりんのパフォーマンスは外から見ていたかった。

☆

『受かりました！』

かりんから嬉《うれ》しそうに電話がかかってきたとき、すずねは次の収録現場に向かって歩いているところだった。

風に冷たさが混じるようになり、足元を、黄色く変わった銀杏《いちょう》の葉が、くるくると踊《おど》りながらすり抜《ぬ》けていく。

「おめでとー」

と答えはしたが、かりんが受かったのは、テープオーディション。この先、本番のスタジオオーディションがある。

監督《かんとく》たちやプロデューサー、原作ものの場合は原作者の前で、台本を読まなくてはならない。その場でのディレクションもあり、緊張感《きんちょうかん》は別格のものだ。

とはいえ、かりんもこれまで、似たような状況《じょうきょう》を多々乗《の》り越《こ》えてきたはずだ。物怖《ものお》じしたりしないだろう。そうでなくては、何千人もの前に立ってパフォーマンスはできまい。

「何に受かったの？」

『えっと――』

かりんが挙げたのは七本で、内の二本は、別役《べつやく》ですずねも合格していた。

「じゃあ、スタジオオーディションは一緒《いっしょ》だね」

『はい！』

嬉《うれ》しさが声から溢《あふ》れている。

　自分のときのことを思い出して、すずねは目を細めた。初めてテープオーディションに通ったと連絡《れんらく》を貰《もら》った時は、天にも昇《のぼ》る気持ちだった。眼前に未来は明るく開け、どんな役も手の内に収まるような気がしたものだ。

　実際は、スタジオオーディションで落選することになったのだけれども。駄目《だめ》だったと巳甘《みあま》から連絡《れんらく》をもらった日は、世界の無情さを呪《のろ》いながらバイトに没入《ぼつにゅう》したものだ。

『あの……オーディションの日、一緒《いっしょ》に行ってもらえませんか？』

　おずおずした声が、耳をくすぐる。贅沢《ぜいたく》な、パーソナルのASMRみたいだ。かりんとの電話は楽しい。沈黙《ちんもく》はほぼなく、切る頃合《ころあい》を探すのが難しいくらいだ。大抵《たいてい》は、すずねのほうから切り上げる。推《お》しに迷惑《めいわく》をかけてはいけないから。

「んー……巳甘《みあま》さんが同行するんじゃないかな」

　さすがに新人をいきなり一人では行かせないはずだ。もちろん、スタジオの場所は教えてもらえるが、目立つ施設《しせつ》ではないから迷わないとも限らない。

『そっか、そうですよね……』

　不安そうな声に、ファン心が疼《うず》く。できることなら手を引いてスタジオに連れて行ってあげたいが、出すぎた真似《まね》はよくない。

『じゃあ、終わったらごはん行きましょうよ！』

「スケジュール確認《かくにん》して、空いてたらね」

『わかりました！』

元気な返事のあと、しばらくたわいのない会話をして、電話を切ったのは、スタジオに到《とう》着《ちゃく》する少し前だった。スマホをバッグにしまい、ふうっと息を吐《は》き、気持ちを切《き》り替《か》える。

「おはようございまーす！」

挨拶《あいさつ》は、仕事の基本。仕事モードへのスイッチだ。

☆

「仙宮《せんぐう》、ごめん！」

事務所のボードで予定を確認《かくにん》していたら、会議室から出てきた巳甘《みあま》に、いきなり手を合わせて謝られた。

(な、なになに⁉)

最悪な想定が十は頭に浮《う》かんで、駆《か》け抜《ぬ》けていく。

オーディションが取り消された？　出演の決まっている朗読会が中止になった？　やっていないけれどSNSで炎上《えんじょう》した？　それとも——熱烈《ねつれつ》な、かりん推《お》しがばれた⁉

「悪いけど、明日のオーディション、鐘月《しょうつき》と一緒《いっしょ》に行ってもらえないかな？」

「え？　え？」

思ってもいなかった話に、思考が一瞬《いっしゅん》、混乱する。

「実は、飛び込みでどうしても外せない打ち合わせが入っちゃって。スタジオの挨拶《あいさつ》は久留間《くるま》に頼《たの》んだけど、鐘月《しょうつき》は今回が初めてでしょ？　わたしの担当で明日のオーディションを受けるの、仙宮《せんぐう》と鐘月《しょうつき》の二人だけだから、あなたにしか頼《たの》めないのよ。お願い！」

ぱん、ともう一度、手を合わせる。

久留間《くるま》はマネージャーの一人だ。彼女の担当の声優も何人か受けるから、現場に行くことは快諾《かいだく》したのだろうが、他のマネージャーの受け持ち新人までは責任が持てない、というところだろうか。

「基本的なことは教えてあるから、とりあえず一緒《いっしょ》にいてくれればいいから。それで、万が一何かあったとき、フォローしてあげてくれないかな？」

「わかりました、いいですよ」

推《お》しの手助けは、望むところだ。

「助かる！　今度、何か奢《おご》るから！」

――ということがあり、スタジオオーディション当日、すずねは、最寄駅《もよりえき》でかりんと待ち合わせることになった。

オーディションは夕方からで、そこのスタジオにはいつもは徒歩で行くのだが、二人なので車を使うつもりだった。

なにぶんかりんは初めてだし、本番前に体力を使わせるわけにはいかない。

車の場合は、事務所から交通費が出るわけではないから、使うのはバスが多い。とはいえ、今日はかりんが一緒《いっしょ》だ。マスクをしていても、誰《だれ》かに気づかれないとも限らない。喋《しゃべ》ったら、二人とも声が通るから、その可能性はさらに上がるだろう。

改札を出たところで待っていると、ぽん、と肩《かた》を叩《たた》かれた。ちょっと驚《おどろ》いて振《ふ》り向《む》くと、マスクをしたかりんが立っていた。目が楽しげだ。

「おはようございます」

今日のかりんは、ボートネックのプルオーバーの長袖《ながそで》に、ぴったりしたデニムという格好だった。両耳に小さなダイヤっぽいピアスをしている。

これなら音はしなさそうだ。収録の時、衣擦《きぬず》れの音のしない服を選ぶのは基本。その辺りはすでにしっかりとしているようだ。

「おはよー」

すずねは、カーキのベルトつきのシャツワンピにスリッポン。

「緊張《きんちょう》は……してないみたいだね」

「そうなんですよ。もっとガチガチになるかと思ったんですけど、自分でも驚《おどろ》くくらい普通《ふつう》です。慣れですかね」

「前も結構あったりしたの？　オーディションみたいなのって」

タクシー乗り場に向かって歩き出しながら、訊《き》いてみる。

「はい。歌ごとに、センターを決めてましたから」

「ふうん」

とすずねは答えたが、実は知っていた。

ディアゴナルのドキュメンタリーにも収められていたし、一度は、ファンの投票でセンターを決めたこともある。もちろん参加したし、かりんは多くに勝利した。

数台並んだタクシーから、ドライバーが女性の車を選んで乗り込み、

「――まで、お願いします」

とスタジオの名前を告げた。ドライバーは、ありがとうございます、と答えて手馴《てな》れた様子でナビに打ち込み、すぐに車を発進させた。

この動き出すときの、ぐうん、という感じが少し苦手だ。

「巳甘《みあま》さんって、忙《いそが》しい人なんですね」

容量のあるキルティングバッグを膝《ひざ》の上に置いて、かりんは言った。

「声優って、マネージャーは現場に来ないものなんですか？」

「うーん……ラジオとかイベントは立ち会ってくれるけど、収録はそうでもないかな」

方針は事務所によって違《ちが》うが、イアーポはそんな感じだ。

「巳甘《みあま》さんも、オーディションの時はいつも来てくれるんだけどね。今日は外せない打ち合わ

せがあるみたいだから」

「聞きました。わたし的にはラッキーですけど」

「どうして？　やっぱりまだ、巳甘《みあま》さんに緊張《きんちょう》する？」

「それは全然《ぜんぜん》。ラッキーなのは、そのおかげで、仙宮《せんぐう》さんと一緒《いっしょ》に現場に行けることです。心強いです」

（そんなあ！）

嬉《うれ》しさのあまりに、天に昇《のぼ》ってしまいそうなお言葉！　すずねは喜びを顔に出さないよう、必死に頬《ほお》の筋肉を引《ひ》き締めた。

「えっと、少年役だよね？」

こほんと咳《せき》をし、気持ちを立て直すために話題を変えた。

「はい」

返事に自信が感じられる。

あのサンプルを聞いているすずねは、さもありなん、と思った。役の方の演技は未聴《みちょう》だが、サンプルに想定した少年と、それほど差異のある設定ではない。いきなりのレギュラー取りもあるのではないだろうか。

「仙宮《せんぐう》さんは、ヒロイン役ですよね。一緒《いっしょ》に合格したら、絡《から》みも多そうだから楽しみです」

「そううまくいくといいけど」

　ちょっと苦笑《くしょう》すると、かりんは不思議そうな顔をした。

「自信、ないんですか？」

「んー……そういうことじゃないんだけど」

　うまい言い回しはないか、と言葉を脳味噌《のうみそ》の襞《ひだ》の間から探していると、車がゆるくカーブして、とん、とかりんの二《に》の腕《うで》がすずねのそれとくっついた。

　すぐに離《はな》れると思っていたのだが、彼女はそのまますずねに体を預けたまま、動こうとしなかった。

（こここれはなに？）

　こっちから離《はな》れるのも拒絶《きょぜつ》しているみたいで失礼な気がする。嫌《いや》ならそうするけれど嫌《いや》じゃないので動けない。布を通しても、かりんの体温を感じる。ほんのりと温かい。

「わたしの役、先輩《せんぱい》のバディだから、受かったら、二人ラジオとかいいですよね。憧《あこが》れちゃいます。アニラジ、楽しそうですよね」

　やばい。横を向けない。向いたらほとんど目の前に、推《お》しの顔があることになる。というか、汗《あせ》の匂《にお》いとか大丈夫《だいじょうぶ》だろうか。汗《あせ》、かいていないけど、意識したらなんだか暑くなってきた。どうしよう。

「し、鐘月《しょうつき》さんもやってたよね、ラジオ……」

「はい。ディアゴナルのメンバーで、週替《しゅうが》わりで」

もちろん知っている。

基本、二人ラジオで、五人が入《い》れ替《か》わりで出演していた。かりん一人、声量と声の通りが違《ちが》うなあ、と感じたことを覚えている。

「なので、出演したのは月に一回で、あんまりやった感はなかったんですよ。だから、やってみたいです、仙宮《せんぐう》さんとのアニラジ」

ちらり、横顔を盗《ぬす》み見《み》た。

まっすぐに前を向くかりんは、至近距離《きょり》で見ても本当に綺麗《きれい》で、メイクはしているのだろうが、頬《ほお》も毛穴などなくすべすべしていそうで、大理石のよう、というのはこういう肌《はだ》を言うのだろうな、と思った。

顔面推《お》しでもあるので、これは眼福を通《とお》り越《こ》して目の毒だ。心を侵食《しんしょく》する毒だ。

髪《かみ》からは、知らない匂《にお》いがする。コンディショナーだろうか。それともうなじにパフュームをつけている？

微《かす》かなスパイシーさに、砂漠《さばく》を行く駱駝《らくだ》のイメージが浮《う》かんだ。もちろんそれは直接的に駱《らく》駝《だ》の匂《にお》いがする、というわけではない。あれはくさい。

すずねは脳内で首を振《ふ》って、よけいなことを考える自分を追《お》い払《はら》った。

それよりもラジオ。

確かに、二人そろって合格すれば、かりんの言ったことも夢ではない。宣伝を兼《か》ねた作品のアニメラジオは、毎期、ほぼ全ての作品で配信されている。

かりんの受ける役の少年は、すずねの受けるヒロインを助ける電子生命体で（どういう定義のものかはわからなかった）、折々に現れるキーパーソンだ。レギュラーは無理でも、ゲストなら間違《まちが》いなく呼べる。

「で、できるといいよね」

際限なく広がりそうになる妄想《もうそう》を抑《おさ》え込んで、なんとかそれだけ答えた。

再び車が曲がって、かりんの体が離《はな》れた。

もう一度寄りかかってはこない。

すずねの答えが気に入らなかったわけではないだろうが、そんな気もして、少しだけ寂《さび》しくなった。二《に》の腕《うで》から、すう、と温《ぬく》もりが消えていくのも。

『間もなく目的地です』

助けの手を差《さ》し伸《の》べるみたいに、ナビが到着《とうちゃく》が間近なのを知らせてくれた。どこかで聞いた声。声優にはこうした仕事もあるから、知り合いの声だったりすると盛り上がったり、気恥《きは》ずかしくなったりするが、今日は違《ちが》った。

ガードレールに寄せてタクシーは停車し、すずねは料金を確認《かくにん》しながら、

「カードで。領収書ください」

と言った。

「あ。わたしも――」

と、かりんが財布《さいふ》を出そうとしたのを、すずねは押《お》し留《とど》めた。

「ここはいいよ。手間になるし」

領収書を分けて出してもらうのも大変だ。

「じゃあ、帰りはわたしが出しますね」

そう言って、かりんは財布《さいふ》をキルティングバッグに戻《もど》した。どうやら知らないところで、一《いっ》緒《しょ》に帰ると決まっていたようだ。もちろん、異論はない。

料金を払《はら》い、領収書をもらってタクシーを降りると、外は風が少し冷たかった。

閑静《かんせい》な住宅街の中にある、少し大きな一般《いっぱん》住宅にも見えるスタジオに、すずねとかりんは入っていった。

「――おはようございまーす！」

☆

「はい、結構です。お疲《つか》れさまでした」

「ありがとうございました」

調整ブースからの声にそう答え、すずねは荷物を持って録音ブースを出た。

ふうっと息が漏《も》れる。

オーディションは、何度やっても緊張《きんちょう》する。慣れることがない。どんなディレクションが飛んでくるかわからないし、その時、自分の中に応えられる引き出しがなかったら、詰《つ》む。

「お疲《つか》れさまでした、仙宮《せんぐう》さん」

小走りに傍《そば》に来たかりんが、水を渡《わた》してくれる。

「ありがと」

受けとりながら答えると、

『──カドア・ブルックのオーディションを始めます。最初の人、どうぞ』

待機室に、調整ブースからのアナウンスが流れた。

かりんが久留間《くるま》マネージャーを見る。

カドア・ブルックのスタジオオーディションには、イアーポからは二人が選ばれた。

「じゃあ、鐘月《しょうつき》さん。先に」

「はい！」

声にやる気が漲《みなぎ》っている。

意気揚々《いきようよう》と録音ブースへ入るかりんを見つめる目は、正直、温かいものとは言えない。が、興味はあるようで、待機室に設置された壁掛《かべか》けモニターを、全員が見た。

このモニターは、録音ブース内の音声が聞ける仕様になっている。調整ブースの声が聞こえないのは、さすがに演者には聞かせられないやり取りがあるからだろう。

『イアーポ所属、鐘月《しょうつき》かりんです。よろしくお願いします！』

通る声で言って、かりんは頭を下げた。

『――じゃあ、始めてください』

かりんが聞いているのと同じ、調整ブースからの声がモニターからして、自分のオーディションでもないのに、すずねは背筋が伸《の》びた。

調整ブースには、監督《かんとく》と音響監督《おんきょうかんとく》、プロデューサー、出版社の担当者と原作者がいる。元アイドルを前にしても、少しもにやけていない。

録音ブースのキューランプが点《つ》く。

『……あんた、どうやって俺と接続した――』

かりんの初めてのオーディションが始まった。本物の少年よりも少年らしい声に、待機室のみんながざわついた。

（そうでしょう、そうでしょう）

すずねは、うんうん、と心の中で頷《うなず》いた。

久留間《くるま》はさすがにサンプルを聞いていたのだろう。驚《おどろ》いた様子はない。だが、他の人たちはかりんに興味はあっても、聞いてはいなかったに違《ちが》いない。

演技力も高く、キャラクターの解釈《かいしゃく》もすずねと一致《いっち》していた。

だが――

『――すみません、別解釈《かいしゃく》でもう一度お願いします』

音響監督《おんきょうかんとく》から、そうディレクションがあった。

『あ、はい』

一瞬《いっしゅん》、かりんが戸惑《とまど》ったのがわかった。すずねも同じだ。だが、演者の解釈《かいしゃく》と監督《かんとく》のそれに齟齬《そご》があるのは珍《めずら》しくはない。かりんもすぐに切《き》り替《か》えた様子で、

『……あんた、どうやって俺と接続した――』

と始めた。

台詞《せりふ》は変えられないから、声の高さや、喋《しゃべ》る早さ、大きさ、こめる気持ちで、キャラクターの解釈《かいしゃく》を変える。

今度の演技も良かった。解釈《かいしゃく》を変えても、少年そのものだ。

……だが、なんだろう。微妙《びみょう》な違和感《いわかん》を、すずねは感じた。うまく言語化できないが、微《かす》かなざらつきのような。

『――任せておけ』

『はい、ありがとうございます。少々お待ちください』

再びの沈黙《ちんもく》。

調整ブースで監督《かんとく》たちが何かを話し合っている。内容は、待機室で知ることはできない。

録音ブースのかりんもだ。

この時間は、本当に胃が痛い。この場で合否が決まるわけではないが、何を話しているのか気にならないわけがない。それを知ることは、この先も、まずできないのだけれども。

『──はい、OKです。ありがとうございました』

数分後、音響監督《おんきょうかんとく》からのトークバックに、

『ありがとうございました!』

かりんは、はきはきと返事をしたが、張《みなぎ》っていた自信はもう感じられなかった。

録音ブースから出てきた彼女は、まっすぐにすずねのところへ来た。入《い》れ替《か》わりに、もう一人の候補の後輩《こうはい》が、ブースに入っていく。

「お疲《つか》れさま」

と言うと、かりんは肩《かた》を下げて、

「緊張《きんちょう》しました……」

ふうっ、と息をついた。台本が皺《しわ》になっている。

『……イアーポ所属、青山釉《あおやまゆう》です。よろしくお願いします』

モニターからそう声が聞こえ、かりんは振《ふ》り向《む》いて見た。

すずねも顔を上げ、集中した。

さっき感じたざらついた違和感《いわかん》がなんであるのか、彼女との違《ちが》いで答えが得られるかもしれないと思った。だが結局、彼女の演技の方がアニメ的には聞き慣れたものだということ以外、わからなかった。

☆

「あー、緊張《きんちょう》した！」

個室居酒屋で、ジョッキの生ビールを喉《のど》を鳴らして呑《の》んだかりんは、分厚い底をテーブルに音を立てて置くと、吠《ほ》えるみたいに言った。

「そうだったの？」

突《つ》き出《だ》しの銀杏《ぎんなん》に塩をつけながら、すずねは笑った。堂々としていて、ちっともそんな風には見えなかった。

「そうですよ。そう見えないように振《ふ》る舞《ま》うのに、慣れてるだけです」

口の周りについた泡《あわ》の髭《ひげ》をぺろりと嘗《な》める。

すずねの前には、いつもの梅酒のロックがある。この店の梅酒は日本酒ベースで、不思議な風味がある。焼酎《しょうちゅう》ベースのものよりもさらりとしている気がするが、単に仕込みの際の氷砂糖の量が少ないだけかもしれない。

とりあず店主のお勧《すす》めを数品頼《たの》み、他にそれぞれ食べたいものを注文した。すずねは出始めたばかりのカキフライを、かりんは唐揚《からあ》げを頼《たの》んだ。

オーディションが終わったあと、巳甘《みあま》に報告をして現地解散となったのだが、久留間《くるま》に挨拶《あいさつ》をして、スタジオを出てタクシーを捕《つか》まえると、このまま帰るのはイヤです、とかりんが言うので、すずね御用達《ごようたし》の居酒屋に移動した。

時間は少し早かったが、おかげで一番広い部屋に案内してもらえた。

スマホを見ると、巳甘《みあま》から、

『できたらアフターフォローもお願い！　領収書切るから！』

というメッセージが届いていた。もとよりすぐに解散するつもりはなかったので、巳甘《みあま》のメッセージは渡《わた》りに舟《ふね》だった。事務所のお金で乾杯《かんぱい》だ。

なんて贅沢《ぜいたく》。

普段《ふだん》頼《たの》まないものも、この際、食べてしまおう。

「でも、なんかこう……手ごたえはありましたねー」

ビールからレモンハイに切《き》り替《か》えたかりんは、どことなく左右に揺《ゆ》れながら、そう言った。

「そうなの？」

すずねも二杯目《はいめ》の梅酒を嘗《な》めながら、推《お》しの愛らしい様子を眺《なが》める。

「はい。仙宮《せんぐう》さんは、なかったですか？」

「んー……どうだろ？」

これまでのオーディションを思い返してみる。

「あるといえばいつもあるけど、ないといえばいつもない」

「なんですかー、それ」

ケラケラと笑う。

「鐘月《しょうつき》さんは、今日が初めてのオーディションだったから、そう感じるのかも。長くやってると、いけると思った役に落ちて、駄目《だめ》だろうなと思った役に受かるなんてこと、ざらだから。わたしはあまり合否に感情を動かさないようにしてる」

「そんなことできるんですか？」

「うん。もちろん、嬉《うれ》しくないわけでも、悔《くや》しくないわけでもないけどね」

ふうん、とかりんは言って、レモンハイをぐいと呷《あお》った。

とはいえ、彼女が受かる可能性は十分にあると思えた。あの少年ボイスは唯一無二《ゆいいつむに》に近いものであるし、ディレクションにもちゃんと応えていた。

もちろん、最終的には製作サイドが決めることではあるが、かりんの知名度なども加味すれば起用されてもおかしくはない。

「――ちょっと、おトイレ行ってきまーす」

ある程度、お酒も食事も進んだ頃《ころ》、かりんは、くく、と笑いながら、掘《ほ》り炬燵《ごたつ》タイプの席を立った。少し酔《よ》っているのか、足取りがおぼつかず、なんだか悪巧《わるだく》み感のある笑い方だった。

個室に一人になり、すずねは深くて長い吐息《といき》をついた。

ああ、やばい。

もう何度かごはんもお茶もしているのに、毎回、初めてのように新鮮《しんせん》で、高まる。

料理だけでなく、こっちも贅沢《ぜいたく》すぎだ。

CDを買って、推《お》しの十数秒の時間を手に入れていた昔の自分に、申し訳ない。

でもこれは秘密の楽しみ。

もはや、ファンであることを告白する時期は完全に逸《いっ》してしまった。今更《いまさら》言ったら、騙《だま》していたことになる気がする。それくらい、素《す》の顔を見せてもらってしまった。

最初に言っておけばよかったかな、と思うこともあるが、そうしていたらこんなに仲良くしてもらえていなかったかもしれない。

見ていてわかったが、かりんは今でもファンには特別な対応をする。業界の中にも彼女を好きだと言う人間はいて、そんなとき、かりんのモードは変わる。

声優は、社会人としてきちんと《お客さま》に対応するのは当然だが、基本、いつも素《す》だ。イベントなどで登壇《とうだん》しているときと、プライベートで会ったときで、振《ふ》る舞《ま》いが全然違《ちが》うという人は、あまり見たことがない。

かりんのそれが悪いというのではない。プロだなあ、と感心している。ディアゴナルの鐘《しょう》月《つき》かりんが、いかに磨《みが》き上《あ》げられたものかを思い知る。

そちらの顔も大好きなので、今の自分の立ち位置は二倍美味《おい》しいともいえるが、彼女がいかに素晴《すば》らしいのかを本人に語れないのは、少し残念に思う。

語られても困るかもしれないが。

「戻《もど》りましたー」

踊《おど》るような声で入ってきたかりんは、何故《なぜ》かさっきまで座っていた対面の席ではなく、斜《なな》め横に座った。自分の箸《はし》やコップを移動する。

「ふふー」

にこにこしていて眩《まぶ》しい。なんだか急に近かった。手を伸《の》ばせば、触《ふ》れてしまえる距離《きょり》に、少し緊張《きんちょう》する。

「し、鐘月《しょうつき》さんは――」

何か気が逸《そ》れるような話題、と思って口を開くと、

「かりん」

唐突《とうとつ》に、彼女は自分の名を口にした。

「え？」

「かりんでいいですよ。後輩《こうはい》なんですし。ていうか、かりんて呼んでほしいです。なんかいつまでも苗字《みょうじ》呼びだと、仲間に入れてもらえてない気がして寂《さび》しいです。イアーポの仲のいい人たち、みんな名前か愛称《あいしょう》で呼び合ってるじゃないですか」

「それはそうだけど……」

「仙宮《せんぐう》さんが、わたしとは別にそんなんじゃない、って思ってるなら、あきらめますけど」

「そんなことないよ！」

思わず、声を張ってしまった。

いかんいかん。

だが、どうする？　今もアイドルの彼女のことは《かりんさま》と呼んでいるが、さすがにそれはできない。とはいえ、さすがに呼び捨ては恐《おそ》れ多《おお》すぎる。

「じゃあ……ちゃん付けでいい？」

「はい」

してやったり、と言いたげな笑《え》みを浮《う》かべる。

「じゃあ、呼んでみてください」

「え⁉」

「ほら、早くー」

からかわれている？　だが、かわいいから許す。

「か、かりんちゃん……？」

「はい」

「かりんちゃん」

かりんは、にいっと笑う。彼女の至近距離《きより》でいたずらっぽい笑《え》みの破壊力《はかいりょく》は、あまりにも凄《すさ》まじかった。心臓が壊《こわ》れる。萌《も》え死んでしまう。

「わたしも名前で呼んでいいですか？」

「い、いいよ？」

「それじゃあ……すずねさん？」

「は、はい」

「やった。これでわたしたち、もっと仲良しですね」

嬉《うれ》しいなあ、と笑う彼女に、社交辞令や営業の匂《にお》いは感じなかった。本当に仲良くなれて喜んでいると信じられる。ファン目線の錯覚《さっかく》だとしても構わない。ご褒美《ほうび》が過ぎる。

「すずねさん、すずねさん」

ちょいちょい、とかりんが手招いた。

「もっとこっち」

「え？」

意図がわからなかったが、呼ばれるままに彼女の方へ体をずらした。

すると、かりんもさらに傍《そば》へと移動してきて、テーブルの角でほとんどくっつく距離《きより》——というか、実際に二《に》の腕《うで》が触《ふ》れた。

「はい」

（え⁉　は⁉）

突然《とつぜん》のことに、すずねは息を吞《の》んだ。

タクシーの中では、車体が揺《ゆ》れたための偶然《ぐうぜん》の出来事だったが、これは違《ちが》う。故意だ。

身体距離《きょり》が近い女子というのは多いが、かりんはそのタイプなのだろうか。嬉《うれ》しいけれど、驚《おどろ》いて固まってしまった。

「はー、落ち着く」

かりんは甘く息をついた――ように、すずねには聞こえた。

「わたし、誰《だれ》かとくっついてるの、好きなんです。あ、もちろん誰《だれ》でもいいってわけじゃないですよ？　女の子限定で。以前も、メンバーにべたべたしてウザがられてました」

「そう、なんだ……」

本気で心臓が壊《こわ》れてしまいそうだ。

『……女としてはどうなの？』

不意に、結衣香《ゆいか》のからかい交じりの言葉が蘇《よみがえ》ってきて、すずねは慌《あわ》てた。

かりんが現役《げんえき》の間、すずねはガチ恋勢《こいぜい》ではなかった。

推《お》していたのは彼女のパフォーマンスだ。

とはいえ、容姿を何とも思っていなかったわけではない。かりんの顔面も大好きだ。その好きは、恋《こい》とか愛とかとは違《ちが》う好きだけれども。

（静まれー、静まれー…）

願うように心の中で唱えた。好きが変質してしまいそうな感覚に、言いようのない焦《あせ》りを覚えて、慌《あわ》てた。

結局、そこからラストオーダーまで、お料理もアルコールも、ほとんど味がしなかった。

かりんは上機嫌《じょうきげん》に喋《しゃべ》り続け、すずねはひたすらに相槌《あいづち》を打っていた。

店を出てそれぞれタクシーに乗り、家に帰って短いメッセージのやり取りをして、メイクを落としてお風呂《ふろ》に入り、少しひんやりとするベッドに入った。

二《に》の腕《うで》の熱は、冷めずに残っていた——ずっと。

6

二週間後、朗読劇の台本を取りに事務所に寄ったとき、

「仙宮《せんぐう》、ちょっと」

と、巳甘《みあま》に会議室に呼ばれた。

時間的に、この間のオーディションの結果のことだろう、と察しはついた。

席に着くと、

「おめでとう、決まったよ」

と彼女は言った。

「ありがとうございます」

額がテーブルに付くくらい、深く頭を下げる。

……ほっとした。

もちろん嬉《うれ》しくはあるけれど、それよりも安堵《あんど》の感情の方が大きい。毎期、受かるより落ちることが多いからなのか、いつの間にかそうなっていた。

最近はないが、オーディションが全滅《ぜんめつ》した期は、悔《くや》しいよりも恐《おそ》ろしかった。このまま仕事が取れなくて、事務所も辞《や》めなくてはならなくなるのではないか、と。

実際、そういう人を見てきた。その後、フリーとなって他の事務所に移籍《いせき》した人もいれば、そのまま業界から去った人もいる。

すずねは大学にいっていないので未経験だが、季節ごとに就活をしているようなものか。就活生のドキュメンタリーを見ると、わかる、と思えるから、感情面において似たところはあるのだろう。

それが季節ごとにやってくる。落ちたことをいちいち気にしていたら壊《こわ》れてしまう。

とはいえ、初めてはまた別だ。

すずねも初めてのオーディションで落ちたときは、しばらく立ち直れなかった。

なので、事務所によっては落ちたことを教えないところもある。

イアーポは、結果がどちらであっても、本人に教えるのが方針だ。

他の事務所はあまりしないらしいが、うちではマネージャーが製作サイドに落選の理由を聞く。教えてもらえないこともあるが、大抵《たいてい》は、簡単にではあるが説明をしてもらえる。

それを元に、役者と対策を話し合うのだ。

「それで……」

言いたいことは顔を見ればわかったのだろう。巳甘《みあま》は、ああ、と言った。

かりんの合否。

普通《ふつう》、他の役者の結果を軽々しく話したりはしない。

だが、すずねがかりんと仲が良《い》いことは事務所で知らぬ者はなく、巳甘《みあま》もフォローを頼《たの》んでいるところもある。

とはいえすでに、巳甘《みあま》の表情で察しはついていた。

「鐘月《しょうつき》は落ちた」

そうか、と思った。そういうこともある——長くやってきた自分はそう思えるが、かりんがどのくらいショックを受けるかは、わからなかった。

一応、彼女も長くアイドルをやってきた身だ。オーディションに落ちたことがないわけではないだろうが、今回の役には自信があったようだから、気にはなる。

「鐘月《しょうつき》さんの少年、いいと思ったんですけど」

「わたしもよ。テープの段階では、向こうもそう思ってくれたんでしょう。けど、他の役者と合わせてみたら、一人だけ浮《う》くと言われた。用はバランスが悪いってことだね」

とん、と指でテーブルを叩《たた》く。

「ちょっと達者すぎたのね。少年が他にいなければいけたかもしれないけど、他がみんな、女性声優のやる少年声だと、確かにバランスは悪い。鐘月《しょうつき》の演《や》る少年はアニメより外画《がいが》向きかも。今後はそっちで売り込むつもり」

その方向性は、ありかもしれない。

「もちろん今後も鐘月《しょうつき》のこと、アニメでもバンバン売り込むつもりだけど、とりあえず初めての不合格でしょ？　できたらフォローしてやって」

「わかりました」

言われなくてもそのつもりだ。

社員ではないので、本当はそんな義務はないのだが、そんなドライでは、この世界、うまくやってはいけない。同じ事務所の仲間であるし、業界は体育会系なので、情や人間関係はとても大切にされる。

もちろんそういうこととは関係なく、かりんの役に立つことなら身を切るつもりだった。それがファンの責務だ。

ただし、こちらからは押しかけない。こういうことは、一人で向き合いたいこともある。その上で、頼《たよ》りたいと思ってくれるなら、かりんから連絡《れんらく》をくれるだろう。

とりあえずそれを待とう、とすずねは決めた。

☆

『すずねさん、今夜、空いてますか？』

かりんからそうメッセージが入ったのは、午後の収録前にランチの天麩羅《てんぷら》うどんを食べているときだった。

油ものは喉《のど》にいい、と言われているので、気合を入れたい時の定番だ。豚骨《とんこつ》ラーメンの方がもっといいらしいのだけれど、匂《にお》いが苦手なので食べられない。

『大丈夫《だいじょうぶ》だよ。でも、少し押すかも』

『わかりました。お店の場所、あとで送りますね。待ってますから』

とすぐに返ってきた。

わかった、と返して、うどんを啜《すす》ることに戻《もど》った。

さすがに今日は、何で会いたいのかわかる。巳甘《みあま》から、結果を聞いたのだと思う。ここ二日ほど電話もメッセージもなかったから、告げられたのはその時かもしれない。

何度もメッセージを送ろうとして、止《や》めた。

人のオーディションの合否を知っているのはマナーとしておかしいことだし、受かった身で落ちた相手にかける言葉はない。すずねにできることは、待つことだけだった。

けれど、良かった。

ようやく誰《だれ》かに話をする気になったのだろう。その相手に選んでもらえたのなら、光栄だ。

ふと、ディアゴナルのメンバーとはその後どうなのか、という疑問が浮《う》かんだ。卒業ライブも行われたし、喧嘩《けんか》別《わか》れという形ではなかったはずだが、かりんの卒業後の彼女たちを追いかけてはいなかった。

うどんを食べ終わる頃、かりんから再びメッセージが届いた。今日のお店のリンクが貼り付けてあって、クリックすると評価サイトに跳《と》んだ。

(カジュアルフレンチ?)

すずねは自分の服を見て、これで大丈夫《だいじょうぶ》なのかな、と不安になった。

だが、家に着替《きが》えに戻《もど》る時間はない。それに、戻《もど》ったとしてどんな服ならいいのか、フランス料理など食べに行ったこともないから、わからなかった。

☆

収録は、やはり押してしまった。

今日はお正月映画の収録で、ディレクションが多い監督《かんとく》だということはわかっていたので覚《かく》悟《ご》していたが、想定していたよりも長くかかった。

収録終わりの呑《の》みの誘《さそ》いを断り、スタジオを出たすずねはタクシーを捕《つか》まえて、かりんが待っている店に向かった。

六本木《ろっぽんぎ》は普段《ふだん》足を踏《ふ》み入《い》れない場所であったので、タクシーに任せた。幸い、その辺りに明るい人であったので、スムーズに到着《とうちゃく》することができた。

カードで料金を支払《しはら》い、領収書をもらってタクシーを降りた。

夜の六本木《ろっぽんぎ》はスーツ姿の人々で賑《にぎ》わい、ちらほらと私服の外国人の姿もあった。すずねの知る繁華街《はんかがい》とはずいぶんと違《ちが》う。

幸い、タクシーはほぼ店の目の前につけてくれたので、さまよう必要はなかった。細くて長いビルの一階にあって通りに面した扉《とびら》には窓がなく、中が見えない。入るのになかなか勇気のいる店構えだった。

洒落《しゃれ》た看板とスマホの情報を見比べて、ここが間違《まちが》いなく指定された店だと確信したすずねは、勇気を振《ふ》り絞《しぼ》って扉《とびら》を開けた。

「いらっしゃいませ」

待ち構えていたかのように現れた店員に、頭から爪先《つまさき》までを素早《すばや》く一瞥《いちべつ》された気がした。ギャルソン、というのだったか？　少し気後《きおく》れしてしまう。

「あの、鐘月《しょうつき》で予約していると思うんですが……」

「はい。ご案内いたします」

店員は精密機械のように踵《きびす》を返《かえ》し、すっすと歩き出した。すずねはそのあとを緊張《きんちょう》しながら付いていく。入り口の小ささがトリックのように、店は奥に長い。その廊下《ろうか》の行き止まりの扉《とびら》をノックする。

「お連れさまがいらっしゃいました」

「どうぞ」

かりんの声がして、よそよそしかった周囲の空気が急に馴染《なじ》みのあるものに変わった。店員が扉《とびら》を開けてくれ、中に入ると、素早《すばや》く椅子《いす》を引いてくれる。着席すると、すぐにメニューを渡《わた》された。

それを待ってかりんが、

「ここはビストロなんで、食べたいものを何でも頼《たの》んでください。今日は、わたしが奢《おご》りますから」

それは悪いよ、と言いかけて呑《の》み込《こ》んだ。メニューに書いてある値段が、すずねの外食のイメージより桁《けた》がひとつ違《ちが》った。これを自分で出すとなったら、一品で終わってしまう。かといって、好きに頼《たの》むなんてことも無理だ。

こちらのそんな気持ちを汲《く》んでくれたのか、

「それとも、わたしに任せてもらっちゃってもいいですか？」

「うん、お願い」

メニューを閉じて店員に渡《わた》す。

かりんは慣れた様子で、彼女の席に回った店員に、これとこれとこれ、あとこれも、とてきぱきと注文した。

「ワインはいかがいたしましょう」

「いろいろ楽しみたいから、料理に合わせてグラスで」

「かしこまりました」

メニューを脇《わき》に抱《かか》えて、店員は一礼して下がった。

扉《とびら》が閉まると、沈黙《ちんもく》が部屋に満ちた。

いつもは饒舌《じょうぜつ》なかりんが押し黙っていることが、彼女の受けた衝撃《しょうげき》を表していた。すずねも通った道だから、気持ちはわかる。が、かけるべき言葉は行方《ゆくえ》が知れなかった。自分の時はどうだったろう、と考えても思い出せない。

自分で乗《の》り越《こ》えるしかないのだ。あくまでも己《おのれ》の気持ちの問題だから。

結局、互《たが》いに一言も発せぬまま、最初の料理が運ばれてきた。

雑に言えば前菜というやつで、聞いたことのない名前と説明を聞き、ワインの白がグラスに注《つ》がれるのを見、心地《ここち》よい音を聞いた。

「とりあえず、お疲《つか》れさまです！」

店員が下がると、かりんはグラスを掲《かか》げた。お疲《つか》れさま、と応えると、彼女は、ぐいっとワインを呷《あお》り、半分ほどを一気に呑《の》んだ。すずねは一口だけ口に含《ふく》み、

（……うまっ！）

と驚《おどろ》いた。

正直、ワインは好みではなかったのだが、それは本物を知らなかったのだと思った。苦手だ

と思っていた部分がほとんど消えて、ただただすっきりと美味《おい》しい。

「食べましょ、食べましょ！」

少し自棄気味《やけぎみ》に言って、かりんはナイフとフォークを手にした。まるでベテランの外科医《げかい》めいた滑《なめ》らかな手つきで、料理を平らげていく。比べると自分のナイフさばきは、初めて手にした子供じみて下手《へた》だ。

とはいえ、どう食べても料理はすごく美味《おい》しかった。あっという間に皿が空になると、まるでどこかで見ていたかのように、次の料理が運ばれてきた。

パン。ワイン。肉。ワイン。魚。ワイン。また肉。ワイン。また魚。またワイン。

とても美味《おい》しいのだけれど、すごく忙《いそが》しい。喋《しゃべ》らないから、よけいにペースも上がる。

すずねは黙《だま》って付き合った。

これはきっと彼女の儀式《ぎしき》。やりきれない気持ちを、お酒と料理と共に呑《の》み込《こ》むのだろう。ただそれを一人で行うのは寂《さび》しいので、誰《だれ》かにいてほしかったに違《ちが》いない。それが自分だというのなら、光栄なことだった。

推《お》しの支えになれるなんて、ファン冥利《みょうり》に尽《つ》きる。

二時間後、チーズの盛り合わせが運ばれてきて、ようやく料理が終わったことがわかった。

だが、ワインはまだ終わらないらしい。今度はグラスではなく、デキャンターに入った赤ワインが、テーブルに置かれた。

かりんがデキャンターをつかんで差し出すのを、すずねは手で制した。さすがにもう呑《の》めない。明日はオフだが、これ以上呑《の》めば、前後不覚になりそうだ。

「わたしが不合格だった理由ぅ、聞きましたぁ？」

少々呂律《ろれつ》のおかしな様子で言い、かりんは自分の空のグラスに、重たげな色の赤ワインを大胆《だいたん》に注《つ》いだ。

「一人だけ浮《う》くからですってよぅ。なんだそれ？　うまくちゃ駄目《だめ》って、わけわかんないんですけどぉ！　どういう意味ですかぁ？」

ワインを、濁流《だくりゅう》みたいに呷《あお》る。

納得《なっとく》がいかない気持ちもわかる。うまさということなら、かりんは別格だと思う。

「巳甘《みあま》さんに聞いて、わたしなりに考えたんだけど……かりんちゃんの演《や》る少年は、たぶん実写なんだと思う。アニメの中に一人だけ実写のキャラがいたら変でしょ？」

かりんは唇《くちびる》を尖《とが》らせた。

「……悔《くや》しいけど、すずねさんのその例えってわかりやすい。だからって、納得《なっとく》はできないけど」

「いいんじゃないかな？　どんな理由を聞かされたって、不合格に納得《なっとく》なんかできるわけないんだから」

「すずねさんも……？」

「もちろん。この仕事、受かるより落ちるほうが多いけど、何でわたしじゃないの、っていつも思うよ。まあ、放映を見れば大抵納得《たいていなっとく》できるんだけどね」

「そういうもんっすかー……」

やっぱりそれでも腑《ふ》に落ちない、といった様子で、かりんはテーブルに突《つ》っ伏《ぷ》した。

「ちっくしょー……」

搾《しぼ》り出《だ》すように言って、かりんはグラスを持ったまま、目を閉じた。考え込んでいるのかと思ってしばらく待ったが、突《つ》っ伏《ぷ》したままだった。

(……寝《ね》ちゃった？)

中腰《ちゅうごし》になって覗《のぞ》き込《こ》むと、

(寝《ね》ちゃったか……)

眉間《みけん》に皺《しわ》を寄せ、すうすうと寝息《ねいき》を立てている。

こんな悔《くや》しげな寝顔《ねがお》をする子、初めて見た。そんな表情でも超絶《ちょうぜつ》かわいいのは、さすがの推《お》しだけれども。

とはいえ、このままにしてはおけない。

ひとまず店員を呼んで会計を済ませようとしたら、すでに精算済みだった。あらかじめ預けてあったらしいかりんのカードを受け取り、タクシーを呼んでもらった。

「かりんちゃん、起きて。タクシー呼んだから」

肩《かた》を揺《ゆ》すると、ううん、と唸《うな》って上体を起こしたが、瞼《まぶた》は下りたままだった。彼女の鞄《かばん》や上着を雑に抱《かか》え、腰《こし》に手を回して支えながら立ち上がり、部屋を出た。

「ありがとうございました」

店員の声を背中に、待っていたタクシーの後部座席にかりんを押し込む。

「かりんちゃん、家、どこ？　運転手さんに教えて？」

肩《かた》を揺《ゆ》すって促《うなが》したのだが、彼女は不明瞭《ふめいりょう》に応えるばかり。困ったことに、すずねも彼女がどこに住んでいるのかは知らなかった。

「困りましたねえ」

ドライバーは額を掻《か》いて、どうしますか、と目で問いかけてきた。

どうと言われても、とすずねも困る。

だが、考えてみれば、この状態で家に着いたとしても、まともに降車できるかすら怪《あや》しい。

それにあの酒量だ。途中《とちゅう》で気持ち悪くならないとも限らない。なんとかタクシーを降りられても、道で座り込んで、そのまま寝《ね》てしまうかもしれない。

それは危なすぎる。

（……仕方ない）

すずねはかりんを奥へと押しやって、自分もタクシーに乗り込み、

「──まで、お願いします」

と、自分のマンションの住所を告げた。

☆

料金を支払《しはら》い、かりんを抱《かか》えてタクシーを降りたすずねは、引きずるようにしてマンションに入った。完全に寝《ね》てしまっていたらとても運べなかったが、前後不覚の様子でも何とか歩けたので、連れて帰ることができた。

エレベーターが点検中でなくて良かった。月に二日くらいは使えなくなる。さすがに階段で運ぶのはキツイ。

部屋の前に辿《たど》り着《つ》くと、バッグからスマホを出してスマートキーにかざした。便利だが、こんな簡単に開錠《かいじょう》できると、ふと怖《こわ》くなることもある。

ドアを開けて玄関《げんかん》の上がりにかりんを座らせ、しっかりと施錠《せじょう》する。かりんは元人気アイドル。用心に越《こ》したことはない。

とはいえ、このまま部屋に連れて行くわけにはいかない。

ハーフロフトつきの1Kの自室には、かりんのグッズが大量にある。それを手早く、だが丁寧《ていねい》に片付けて、ロフトにしまいこまなくては。

倒《たお》れないようにかりんを壁《かべ》に寄りかからせ、すずねは部屋に入って扉《とびら》を閉めた。

急いで宝物の推《お》しのグッズを片付けるのだ。

ポスターを剥《は》がして丸め、ＣＤやコンサートグッズを、つい溜《た》めてしまうショッパーに詰《つ》めて、ロフトに上げる。書籍《しょせき》や写真集は裏返して背表紙を見えなくして、さらにタオルをかける。額《がく》に入ったサイン色紙、写真立てに入れたチェキもまとめてロフトへ。

二十分ほどで、何とか片付けることができた。仕上げにロフトへ上がる梯子《はしご》を外した。これで大丈夫《だいじょうぶ》。

急いで玄関《げんかん》に戻《もど》ると、かりんは先刻とまったく同じ姿で寝《ね》ていた。

「かりんちゃん、起きて。とりあえずメイクだけは落とさなくちゃ」

「メイク……」

メイクと聞いた途端《とたん》、半分ほど目が開いた。ふらつく体を支えながら立ち上がらせて、バスルームの洗面所に連れて行く。

メイク落としを出すと、半覚醒《はんかくせい》の状態でも器用に使い始めたので、その間に、洗って畳《たた》んであったパジャマを持ってきた。

「これに着替《きが》えて？　できる？」

「ん……」

頼《たよ》りなげな返事を信じ、バスルームを出て部屋に行き、ひとつしかないベッドを整えた。

着替《きが》えを手伝うのは躊躇《ためら》われた。

女の子同士ではあるが、すずねは自分が本百合《ほんゆり》だと自覚がある。

つまり、同性に対して性欲がある。

見たい。触《ふ》れたい。

そうした欲望が、ある。

もちろん誰彼《だれかれ》構わず抱《いだ》くものではない。しかし今洗面所にいるのは、推《お》しだ。もともと大好きな相手だ。

百合《ゆり》営業ならば仕事だからと後ろめたさを割り切れるが、プライベートで、相手が知らないことをいいことに百合《ゆり》的行為《こうい》をするのは、それが友達なら普通《ふつう》なことであっても、騙《だま》しているような気分になってしまう。

結衣香《ゆいか》ならば、気にしすぎ、と言うだろうが、女子ならば誰《だれ》もが、性的な目で見られる不快感を知っているので、自分が同じことをしているのではないかと思ってしまう。

洗面所に戻《もど》ると、かりんは着替《きが》えを済ませ、壁《かべ》に頭を寄りかからせて寝《ね》ていた。

着ていたオールインワンとリブニットが床《ゆか》に落ちている。

その上にブラが放り出してあって、どきりとした。かわいらしいレースに縁《ふち》を飾《かざ》られた白いそれは、手に取ると、まだ温《ぬく》もりが残っていた。速くなる鼓動《こどう》を意識しないように努め、畳《たた》んだ服の上に置く。

「ほら、立って」

抱《だ》きかかえるようにすると、かりんは、んん、とぐずって立ち上がった。

よろけながら部屋まで運び、ベッドに転がす。ごろんと仰向《あおむ》けになった際、支えのない胸が大きく動いて、すずねは慌《あわ》てて目を逸《そ》らした。

この場にいるのはいけない気がして、すずねは着替《きが》えを持ってバスルームに逃《に》げた。

シャワーを浴びるため、服を脱《ぬ》いでランドリーバスケットに放り込む。

『……女としてはどうなの？』

結衣香《ゆいか》の言葉が、執拗《しつよう》に蘇《よみがえ》ってきて、振《ふ》り払《はら》うようにバスルームに入って、シャワーを浴びた。メイクもごしごしとしっかりと落とす。

もし彼女と付き合えたら？——馬鹿らしい。推《お》しとそんな関係になるなんてことはファンの望外だが、石油王と結ばれる方がまだ可能性がある。

それに……付き合うも何も、かりんに恋愛《れんあい》感情を抱《いだ》いているわけではない。

親しいとは思うし、何かにつけて彼女のことを思うけれど、それはアイドル時代もそうだった。違《ちが》うのは、このごはん好きそう、とか、この漫画《まんが》読むかな、とかのプライベートなことが増えたくらいだ。

(恋愛《れんあい》って、どんなだっけ……)

思い出せなかった。

この数年はオタ活に血道を上げてきたし、プライベートでときめくことはなかった。結衣香《ゆいか》に誘《さそ》われた時はどきどきしたけれど、恋愛《れんあい》にはならなかった。

（友達として好きなのと、恋《こい》の違《ちが》いってなんだっけ……）

性欲？

実際、そうなのかもしれないが、なんだか生臭《なまぐさ》い感じがする。恋愛《れんあい》とそれは切っても切れないものだと知ってはいるけれど。

ぐるぐるする自分の心に、すずねは溜息《ためいき》をついた。

収録では毎期、役に没頭《ぼっとう》して恋愛《れんあい》をしていても、いざ自分のこととなるとわからなくなる。

あんなにキャラの心は理解できるのに。

バスルームを出て体を拭《ふ》き、裸《はだか》のままドライヤーを手にした。スイッチを入れて、ファンが巻き起こす熱風の音に耳を集中し、よけいな考えを吹《ふ》き払《はら》う。

こういう時は、ルーティーンで心を空にするのがいい。

丁寧《ていねい》に髪《かみ》を乾《かわ》かして、スキンケアをして、歯を磨《みが》いた。ナイトブラを着けて、スウェットを着る。明日の朝のことを考えて、かわいいパジャマにしようかとも思ったが、意識しているみたいだからやめた。

キッチンで水を飲んで部屋に戻《もど》ると、かりんはベッドで壁《かべ》を向いて寝《ね》ていた。

電気を消し、その背中側に滑《すべ》り込《こ》む。常夜灯を点《つ》けなくても、カーテンから漏《も》れる月の光で部屋は青く明るい。

床《ゆか》で寝《ね》ることも考えたが、フローリングで寝《ね》るのは体に負担が大きい。風邪《かぜ》を引いたりして仕事に穴を開けることはできない。何よりも優先すべきは仕事だ。

（ちっちゃな背中……）

自分のパジャマを着ている推《お》しを見つめながら、睡魔《すいま》が訪《おとず》れるのを待った。

パフォーマンスの時はとても大きく見えるのに、こうして目の前にいる鐘月《しょうつき》かりんは、どこか頼《たよ》りなげだ。

そういえばこの部屋に誰《だれ》かを上げるのは、家族以外は初めてだった。まして同じベッドに人と寝《ね》るなんて、母親とだってしていない。

「んー」

小さく呻《うめ》いて、かりんがごろりと寝返《ねがえ》りを打った。

咄嗟《とっさ》のことですずねは固まってしまい、避《さ》けることができなかった。

抱《だ》きつかれはしなかったが、彼女の顔が目の前にある。額に鼻がついてしまいそうな距離《きょり》で

他人と向き合ったのは久しぶりだった。

鼓動《こどう》が一気に駆《か》け足《あし》を始めたが、かりんが眉間《みけん》に皺《しわ》を寄せてどこか苦しげな表情をしていることに気づくと、心は鎮《しず》まっていった。

（わかるよ……）

すずねも初めてオーディションに落ちた夜は、眠《ねむ》れなかった。悔《くや》しくて、やるせなくて、誰《だれ》

かに話すこともできなくて、ただ苦しかった。

未成年だったから、今夜みたいにお酒に走ることもできなかった。

泣かないなんて、かりんはえらい。

「大丈夫《だいじょうぶ》……」

すずねは上になっている方の手を、かりんの背中に回した。身を捩《よじ》って体を寄せ、あやすように軽く叩《たた》く。

顔を髪《かみ》に近づけると、時間が経《た》ってくすんだシャンプーの匂《にお》いがした。かりんはシャワーを浴びていないから、その中に、お酒を呑《の》んだ後の独特な汗《あせ》の匂《にお》いが混じっている。

少しも嫌《いや》じゃない。

ここにいる鐘月《しょうつき》かりんが、偶像《ぐうぞう》ではなく、肉体を持っているのだとわかる。

「大丈夫《だいじょうぶ》、大丈夫《だいじょうぶ》……」

すずねは、ぽん、ぽん、と、かりんの背中を優《やさ》しく叩《たた》き続けた。彼女の体温と匂《にお》いに包まれて、いつの間にか自分が寝入《ねい》ってしまうまで、ずっと。

☆

カーテンの隙間《すきま》から差し込む朝日の明るさと暖かさに、すずねは重たい瞼《まぶた》を開いた。

　意識がぼうっと霞《かす》んでいる。

　元から寝起《ねお》きは悪い方なのだが、今朝はよりひどい。昨夜、呑《の》みすぎたせいだ。自分ではセーブしていたつもりだったのだが、ひきずられてしまっていたのだろう。

　体を起こすと、かりんは隣《となり》ですでに目を覚ましていて、

「おはよ――」

　う、と声をかけかけて、固まった。

（どうして⁉）

　意識が一気に覚醒《かくせい》する。

　彼女は胡坐《あぐら》をかいていて、その膝《ひざ》に自分の写真集を載《の》せて、眺《なが》めていたのだ。

　確かにちゃんと隠《かく》したはず――本棚《ほんだな》に目をやると、そのままだった。覆《おお》いを開けた形跡《けいせき》はない。めくれないようにちゃんと押さえてある。

　じゃあ、あれはいったいどこから？　彼女が自分で持ち歩いているとか？

「……これ、わたしの写真集ですよね？」

　改めて確認《かくにん》する必要のない問いを、彼女はした。そんなの見ればわかるでしょう、と言いそうになるのを呑《の》み込《こ》む。これで、かりんがいつも持ち歩いているものだという可能性はなくなった。では、あれはどこから？

（――あっ！）

ぱちん、と弾《はじ》けるみたいに答えが閃《ひらめ》いた。

あれは、わたしのだ。

所持している鐘月《しょうつき》かりんの写真集は、三冊ある。

『サイン付きお宝本』。『保存用』。そして『眺《なが》める用』だ。

お宝本は厳重に梱包《こんぽう》してしまってある。書棚《しょだな》にあるのは、普段《ふだん》は見ないがそこにあるだけで安心できて幸せな、シュリンクを剝《は》がしていないもの。そして、いつでもどこでも気軽に眺《なが》めることのできる用の一冊は——大抵《たいてい》、ベッドに置いてある。

かりんが見ているのは、それだ。

慌《あわ》てていて、隠《かく》しそびれたに違《ちが》いなかった。布団《ふとん》の下か、枕《まくら》の下か、とにかく見つけにくい場所に入り込んでしまっていたに違《ちが》いない。

写真集から顔を上げ、かりんはすずねを見た。

「……すずねさん、わたしのファンだったんですか？」

体の内側からぶん殴《なぐ》られたみたいに、心臓が大きく打った。

動揺《どうよう》でくらくらする。部屋がひどく暑い。

脳がフル回転して、必死に言い訳を考えている。浮《う》かんでくるのはどうしようもないものばかりで、泣きたくなるくらい嘘《うそ》っぽかった。

だが、仕方がない。今更《いまさら》認めるわけにもいかない。嘘《うそ》は嘘《うそ》で上書きする以外に、できること

はないのだ。

「そ、そうじゃなくて、かりんちゃんがうちの事務所に入るって聞いて、どんな子なんだろうって思って近所の本屋さんに行ったらたまたまそれが売ってて」

「でもこれ——」

かりんは写真集の奥付《おくづけ》を見た。

「——初版ですよね？　この写真集、初版って二千部しか刷ってなくて、発売日に増刷が決まったんですよ。自分で言うのもあれですけど」

知っている。

それは予約して買ったものだし、なんならサイン本は二刷りのものだ。初版が速攻《そっこう》で売り切れたので、御礼《おれい》としてサイン会が企画《きかく》されたのだ。もちろん参加した。

「そ、その本屋さん、文房具《ぶんぼうぐ》がメインのちっちゃなとこだから！　たまたま！　たまたま売れ残っていたんだと思うよ？　そっかー、それってそんなレア物だったんだー」

声優とは思えない棒演技だった。動揺《どうよう》しすぎて、とても気持ちをつくれない。

ふうん、とかりんは写真集を閉じた。

ちなみにそれはディアゴナルの写真集ではなく、鐘月《しょうつき》かりんの初ソロ写真集である。そして最初で、おそらくは最後の、水着の、ビキニのカットが載《の》っている。どれも名画のように美しく、いつまでも見ていられる。

だめだ。動悸《どうき》は少しも収まらない。納得《なっとく》しただろうか？いや、あんな稚拙《ちせつ》な言い訳が通用するとは思えない。けれど他には何も思いつかなかった。

「……なあんだ」

ぱたん、と写真集を閉じて、かりんはちょっとくちびるを尖《とが》らせた。

「すずねさんがわたしのファンだったら、すごく嬉《うれ》しかったのに。残念」

(ファンですぅ！)

心の中で、すずねは叫《さけ》んだ。

今なら大丈夫《だいじょうぶ》かも、と一瞬《いっしゅん》、思ったが、もしこれが社交辞令で、

『え、本当にそうだったんですか……？』

とかドン引かれたら、立ち直れない。

写真集一冊ならまだしも、部屋にポスターを貼《は》って毎晩眺《なが》めて、ライブ映像をヘビロテしているガチオタなのだ。自分のグッズを山のように持っている先輩《せんぱい》を彼女がどう思うのか、あまり考えたくはない。

「えっと……シャワー、してきたら？」

彼女から写真集を受け取りながら、すずねはそう勧《すす》めた。

「昨夜、そのまま寝《ね》ちゃったし。服は洗面所に畳《たた》んでおいてあるから」

「ありがとうございます。そうさせてもらいます」

シーツに手をついて頭を下げ、かりんは跳《は》ねるようにベッドを下りて、すずねが示したドアに向かった。廊下《ろうか》に出てすぐがバスルームで、向かいがキッチンになる。

すずねも写真集をしまうと、スウェットのままキッチンに向かった。裸足《はだし》の足裏がフローリングにぺたぺたと吸い付く。少しひんやりとする。じき、温熱靴下《くつした》が必須《ひっす》な季節が来る。しまってある加湿《かしつ》器とオイルヒーターを出さなければ。

とりあえず朝食を作ろう、と冷蔵庫を見た。食パンがある。ベーコンにチーズ、サラダで食べようとスライスしておいたタマネギも。

(ホットサンドにしよう)

手軽に作れて腹持ちもいいので、よく作る。

棚《たな》から電気式のホットサンドメーカーを出す。ミント色がかわいくてつい買ってしまったものだが、実用性も高かった。

調理はなんてことはない。焼き型の上にパンを置き、具材を並べたらケチャップ、塩、胡椒《こしょう》などで味付けをし、パンを載《の》せて蓋《ふた》をする。それをホットサンドメーカーで挟《はさ》んでスイッチを入れれば、あとは自動で焼いてくれる。

「わ、ホットサンドだ」

いつの間にかシャワーから上がったかりんが、背中にぴとっとくっついて、肩越《かたご》しに覗《のぞ》き込《こ》んできた。

（う……）

推《お》しの胸の柔《やわ》らかさに、すずねはくらっとした。

さすがにこれは、疼《うず》く。

それを何とか押し殺し、全自動コーヒーメーカーに豆を入れようとして、手を止めた。

「かりんちゃん、コーヒーは平気な人？」

「はい」

肩《かた》に顎《あご》が乗っているので、耳がくすぐったい。前からいい声だと思ってはいたけれど、研鑽《けんさん》を積んでより通る声になっている。

彼女からは、甘くていい匂《にお》いがする。

ボディソープは我《わ》が家《や》のだから同じになるはずなのに、かりんの香りは少し違《ちが》った。彼女自身の匂《にお》いと混じっているのだろうか。

いつの間にか腰《こし》に手が回っていて、後ろから抱《だ》きつくみたいな格好になっている。

かりんは本当に、身体距離《きょり》が近い。

甘えてもらえるのは嬉《うれ》しいが、嬉《うれ》しすぎて心が保《も》ちそうにない。だからといって、振《ふ》り払《はら》えるものでもない。そんなこと、できるはずがない。

結局、そんな風に繋《つな》がったまま、すずねは朝食の準備を終えることになった。

かりんが離《はな》れたのは、コーヒーがカップに注《つ》がれ、皿に切り分けたホットサンドが載《の》って、運ぶ段になってからだった。

ベッド脇《わき》のローテーブルに、自分の分をそれぞれ運び、

「いただきます」

と言って、朝食にした。

部屋に響《ひび》くのが食事の音だけというのも寂《さび》しいので、ラジオをつけた。さすがにアニラジは気が逸《そ》れるのでFMにした。本当はディアゴナルの曲をかけたかったけれど。

「うーん、おいし……」

満足そうにかりんが呟《つぶや》くのを聞いて、すずねはほっとした。お世辞には見えない。本当においしそうに食べている。

「二日酔《ふつかよ》いとかない？」

「うーん……」

かりんはこめかみを指でつつく。

「大丈夫《だいじょうぶ》みたいです。いやー、ひさしぶりに馬鹿みたいに呑《の》みました」

「危ないよ？　あんな呑《の》み方《かた》」

「いつもはしませんよー。メンバーとか、わたしを任せても大丈夫《だいじょうぶ》な人の前だけです」

高まった。

それは自分をメンバーと同列に思ってくれているということだろうか？　だとしたら信じられないくらい嬉《うれ》しい。

「でも大丈夫《だいじょうぶ》？　昨夜、誰《だれ》にも連絡《れんらく》してないけど。おうちの人、心配しない？」

「あ、わたし実家暮らしじゃないんで」

「そうなの？」

確か、かりんは神奈川出身だと思ったが。

「いまは板橋に、お姉ちゃんと住んでます。今週いっぱい、お姉ちゃんは出張だから、実質、一人暮らしなんで、無断外泊《がいはく》もＯＫです」

指でＯＫサインを作る。

「すずねさんも一人暮らしなんですね」

かりんは、グッズが消えて殺風景になった部屋を見回した。

「ご実家、埼玉でしたっけ？」

「うん、秩父《ちちぶ》。よく知ってるね。事務所のホームページにも載《の》せてないのに」

「そうでしたっけ？」

まあ別段、秘密というわけでもない。おそらく、巳甘《みあま》との会話の中か何かでぽろりと出てきたのを覚えていたのだろう。

「でもここ、お家賃高くないですか？　防音だし」

「うん。だけど便利だよ？　どこのスタジオに行くのも近いし、思い切り練習できるし」

「へえ……わたしも引《ひ》っ越《こ》してこようかなー」

こつこつと床《ゆか》を叩《たた》く。

それって一緒《いっしょ》に住もうってこと⁉――などという妄想《もうそう》が暴走しそうになるのを、すずねはぐっと抑《おさ》え込《こ》んだ。

「今住んでるの普《ふ》通《つう》のマンションなんですけど、さすがに本域で声出しできないんで。前に一度やったら、管理会社から苦情がきちゃって」

「あー……」

わかる。

声優の声量は半端《はんぱ》じゃない。ただ大きいだけじゃないから、普《ふ》通《つう》の壁《かべ》なんか簡単に貫通《かんつう》する。

「じゃあ、本域でやるときは、カラオケ？」

こくりと頷《うなず》く。

最近は歌うだけでなく、パーティルームとしてや、楽器の練習、一人で静かに勉強をしたい人向けのプランなどもあって、便利だ。

「今はいいですけど、レギュラー抱《かか》えて忙《いそが》しくなったら出費も嵩《かさ》むし」

（レギュラー抱《かか》えるの前提なんだ）

折れない自信に、すずねは驚《おどろ》き、感心した。

初めてのオーディションを落ちたばかりなのに、何という強メンタル。

だが、彼女は声優としては新人でも、アイドルとして何年もやってきたのだから、それも当然かもしれない。

基本、声優は裏方だ。

最近は表に出る仕事も増えてきたが、常に表舞台《おもてぶたい》に立つアイドルは、このくらい心が強くないとやっていけないのかもしれない。

「――そういえば、すずねさんって彼氏《かれし》とかいるんですか？」

ホットサンドを食べ終わり、砂糖とミルクを入れたコーヒーを飲んでいると、かりんが唐突《とうとつ》にそんなことを聞いてきた。

危《あや》うく、噎《む》せ返《かえ》ってコーヒーを口からこぼしそうになった。

「な、何、突然《とつぜん》……」

「ただの恋《こい》バナです。入所に当たって、巳甘《みあま》さんからその手の注意は特になかったので、声優の恋愛《れんあい》事情ってどうなってるのかな、って」

「やっぱりアイドルは違《ちが》うの？」

「書面になってるわけじゃなかったですけど、いちおう釘《くぎ》は刺《さ》されましたね。やっぱりアイドルって、誰《だれ》か一人のものではないのが大前提、みたいなところありますから」

「そうなんだ」

巳甘《みあま》から、プライベートは特にうるさく言われたことはない。守るべき規範《きはん》は、法律は守るなど、社会人として当然の範囲《はんい》のことだけだ。

もちろんこまごまとした独自ルールはあるが、それは仕事に関することで、プライベートまで踏《ふ》み込《こ》まれることはない——仕事に影響《えいきよう》がない限りは。

「で、どうなんですか？」

(ぐいぐいくるなあ……)

すずねは苦笑《くしよう》した。煙《けむ》に巻《ま》いたつもりだったが、巻かれてはくれなかったようだ。

「いないよ」

仕事と推《お》し活《かつ》で、生活は十分充実《じゆうじつ》していたし。これという人にも出会わなかった。

「他の人の恋愛《れんあい》事情は知らないけど」

知っている人もいるが、それを勝手に話すことを、すずねは良しとしていない。

「ふうん……」

少しつまらなそうに、かりんはくちびるを尖《とが》らせる。

「そういうかりんちゃんはどうなのよ」

「いませんよー。そんな時間、なかったですから。プライベートは全部、時間もお金も、声優になるためのレッスンにつぎ込《こ》んでたので」

「そっか」

本当のことだと納得《なっとく》できる。

声優は技術職だ。演技ができるのは大前提で、それ以上が求められる。アフレコの真似事《まねごと》なら誰《だれ》でもできるが、声の出し方、変え方、通し方、そういうものには独自のコツがあり、やり方を知らなければできず、習得は簡単ではない。

今回のオーディションは駄目《だめ》だったが、今回のことで彼女がきちんと技術を学んだことはわかったはずだ。

それは伝わるだろうし、近いうちにきっと結果になって現れるだろう。

「すずねさん、今日はどうするんですか？」

「台本チェックと……あとは予約が取れたら、整体に行こうかなって」

「予約してるわけじゃないんですね？」

「うん。収録がばらされたの、昨日の午後だったから」

「じゃあ、遊びましょうよ。わたしもさすがにまだ、今日くらいは遊びたい気分ですし。付き合ってくれませんか？」

「……いいよ」

ちょっとだけ考えて、すずねはOKした。台本チェックは夜にやればいい。それよりも推《お》しと遊べるなんて、以前は考えもしなかったことだ。

しかもそれが彼女のためになるのなら、すずねに拒《こば》む理由はなかった。

「でも、どこに行くの？」

「とりあえず、爆買《ばくが》いします。で、そのあとはお気に入りのカフェがあるので、そこでおいしいスイーツ、食べません？」

「わかった」

それでかりんの気が晴れるなら、自分の時間を捧《ささ》げるのにいささかの躊躇《ちゅうちょ》もない、すずねであった。

☆

朝食を食べ、仕事の確認《かくにん》と諸連絡《しょれんらく》を済ませたあと、すずねはかりんが行きたいと言った、表《おもて》参道《さんどう》へ出かけた。

すずねはあまり来ない場所だったが、かりんは馴染《なじ》みがあるようだった。

平日の昼間でも人通りはかなりあり、気持ちお洒落《しゃれ》な大人女子が多かった。少し行けば原《はら》宿《じゅく》だが、雰囲気《ふんいき》はかなり違《ちが》う。

入り口にガタイのいいイケメンが立っているハイブランドの店に、かりんは躊躇《ちゅうちょ》なく入り、目についたものをガンガン手にした。

すずねはその後ろにおっかなびっくりついていき、その様子をただ眺《なが》めていた。商品に触《さわ》るのも躊躇《ためら》われる。

素敵《すてき》だと思う服はあったが、さすがに手が出ない。

買えなくはないが、着ていく所がない。

この値段のものだと、さすがに経費としては認めてもらえないだろう。

声優は基本、衣装《いしょう》も自分で用意するので、イベントが増えた昨今は衣装《いしょう》の出費が増えた。

人前に出る仕事もあると認知《にんち》されたおかげで、衣装代《いしょうだい》の他、化粧品《けしょうひん》やエステ、整体などの代金も経費として計上しやすくなったが、経費といってもそれは自分の稼《かせ》いだお金であって、事務所が払《はら》ってくれるわけではない。あとで多少返ってくるだけだから、きちんとやりくりしなければならない。

となると、すずねにとってここは、眺《なが》めるだけの店だった。

かりんは大きなショッパーを三つ、肩《かた》にかけて店を出た。ひとつくらい持とうか？　と言ったが、そんなの悪いです、と彼女は恐縮《きょうしゅく》しつつ、一番小さな袋《ふくろ》を渡《わた》してくれた。

信頼《しんらい》されているようで、嬉《うれ》しかった。何しろ中に入っているのは、袋《ふくろ》は小さいが、買った中で一番高価な品だ。

心なしか、周りから見られている気がする。自分がではなく、ショッパーが、だが。

もちろん、かりんは見られているに決まっている。ぱっと見で鐘月《しょうつき》かりんとわからなくても、オーラは隠《かく》せないものだ。

タクシーを捕《つか》まえ、浅草《あさくさ》に移動した。

かりんのようなきらきらした女子とイメージが結びつかなかったが、浅草寺《せんそうじ》の裏手に隠《かく》れ家《が》的《てき》な店があるらしい。

あまり人通りのない裏道でタクシーを降り、路地を進んだ先にその店はあった。

調和という意味では、周りの建物からは少し浮《う》いている。二階の窓の手摺《てすり》が、籠《かご》のようで洒《しゃ》落《れ》ている。

特に看板もなく、知っていなければここが店だと思わないだろう。

「こんにちはー」

いかにも常連らしい様子で、臆《おく》することなくかりんは扉《とびら》を開けた。

「いらっしゃいませ」

低音ボイスのすらっとしたウエーターがかつかつと踵《かかと》を鳴らしてやってきて、自然な仕草でかりんから荷物を預かった。

自分にも手を差し出されたすずねは、一瞬《いっしゅん》、何を求められているか考えてしまった。すぐにショッパーだと気づいて、慌《あわ》てて渡《わた》した。

「いつものお席でよろしいですか？」

「うん」

気安い返事に、芸能人ぽいなあ、と感じる。否定的な意味でなく、すごいと思った。さすがは我《わ》が推《お》し、と。

ウエーターは、すずねたちを二階の個室に案内した。異世界転生作品の貴族の部屋のようだった。調度品がすごい。何もかもが黄金で縁取《ふちど》られている気がする。

窓際《まどぎわ》にひとつだけあるテーブルの席に、向かい合って座った。お冷《ひ》やがワイングラスで出てきて、一口呑《の》むとミントの香りがした。常温なのが嬉《うれ》しい。

「メニューでございます」

渡《わた》された本型のそれを開くと、写真はなく、何種類ものパンケーキの名称《めいしょう》だけが書かれていた。馴染《なじ》みのない、おそらくは果物や、たぶんナッツ類なのだろうと思われる単語や、あとはソースの説明なのだろうと予想はついても、どんな味かは想像できない。

「いつもの」

かりんは、その一言で済ませてしまい、早く決めなくちゃ、とすずねは焦《あせ》った。だが、決められない。どんなものかわからないのだから、決めようがない。だからといって、ウエーターにいちいち説明を求めるのも気が引ける。

「月替《つきが》わりのお勧《すす》めがいいですよ？」

「じゃあそれで！」

かりんの出してくれた助《たす》け舟《ぶね》に、すずねは飛びついた。あまりに食い気味だったか、かりんはちょっと目を丸くして、くすっと笑った。

恥《は》ずかしい。

一ミリも表情を崩《くず》さなかったウエーターはさすがの職業意識だ。

「お飲み物も同じでよろしいですか？」

聞かれたのが自分だと気づいて、すずねは、はい、と慌《あわ》てて答えた。

「あー、楽しかった！」

ウエーターが下がり、部屋に二人きりになると、かりんは少しだらしなく体をずらした。

「すごい買ったね」

ようやく正直な感想が言えた。

「こんなの、久しぶりですよ。ずーっと節約してきたので。口座に残ってたお金、全ブッパしちゃいました」

「ええ⁉」

「あ、もちろん生活費なんかは別口座ですよ？　使ったのは遊興費用のカードです」

それでも驚《おどろ》きだ。自分なら、あの額の明細が届いたら激しく後悔《こうかい》する。買い物をしたときの自分をきっと呪《のろ》う。

「引いてます？」

かりんはテーブルに肘《ひじ》を突《つ》いて、いたずらっぽく笑《え》んだ。

「う、ううん？」

「嘘《うそ》。ドン引きしてます。でも、一度、行ってみたかったんですよ、あのお店」

「え？　常連とかじゃないの？」

「まさか！　初めてですよ」

なんという度胸、とすずねは目を丸くした。あの堂々とした態度は、どう見ても通い慣れているとしか思えなかった。よもや初めてだったとは。

「わたし、やっぱり芸能人ってすごいんだなあって思ってた……」

かりんはけらけらと笑った。

「やだなあ。すずねさんだって芸能人じゃないですか」

「まあ、そうなんだけど……」

どうしたって、アイドルと自分が、同じカテゴリだとは思えない。

「じゃあ、ここは？　ここも実は初めてだとか？」

「あ、ここはよく来てます。前はメンバーとしょっちゅう。メンバー以外と来たのは、すずねさんが初めてかな？」

わたしとが初めて――きっと、かりんにとってはなんでもない言葉が、すずねにとっては、とても嬉《うれ》しかった。

やがて、ものすごいパンケーキが運ばれてきてテーブルに置かれた。

直径は十センチくらいで、厚さが三センチはあるパンケーキが三段。その上にたっぷりにクリームと色とりどりのスイーツがふんだんに盛り付けられている。あと、餡子《あんこ》。これは、浅草《あさくさ》だからだろうか。

「このお店って、元は和菓子屋《わがしや》さんなんですよ？」

「ああ、それで餡子《あんこ》……」

ウエーターが微笑《ほほえ》み、

「当店の餡子《あんこ》は甘さ控《ひか》え目《め》で、フルーツともよく合います」

と言って、下がった。

おそるおそる合わせてみると、なるほど、フルーツの酸味と餡子《あんこ》の甘味《あまみ》がよく合っている。

考えてみれば、フルーツ大福なんかもある。

添《そ》えられたシロップも、木の香りがして甘さは控《ひか》え目《め》だった。たっぷりとかけて、パンケーキを大胆《だいたん》に切り出し、全部載《の》せで食べる。

（うん、おいしい）

一緒《いっしょ》に合わせるフルーツを変えることで、いろんな味が楽しめた。

ベルガモットの香りが強いアールグレイともよく合う。

食べながら、いろんな話をした。

かりんはアイドル時代のことを。すずねは声優の仕事のことを。互《たが》いに知らない世界のことを知るのは、とても楽しかった。

好きなアニメの話もたくさんした。

かりんは本当にアニメが好きで、すずねが見ていないような作品のこともよく知っていた。

この場合の『よく』は、物語の内容ではなく、制作会社や声優といった裏側のことだ。すずねは業界に入るまで、制作会社など気にしたことはなかった。

自分が出ている作品を観《み》てくれていたかどうか知りたかったが、

『観《み》てた？』

などと確かめるのも恥《は》ずかしくて、訊《き》けなかった。

とはいえ、推《お》しの一挙手一投足を独《ひと》り占《じ》めできる時間は、とても贅沢《ぜいたく》だった。かりんの気晴らしのためのお出かけなのに、自分の方がご褒美《ほうび》をもらっている気分だった。

パンケーキを食べる姿も尊い。

この時間が永遠に続けばいいのに——とろんとした心地《ここち》でそう思っていたら。

「やっほー！」

元気が爆発《ばくはつ》したような声と共に、ばん、と扉《とびら》が開いて、すずねは飛び上がりそうになった。

「げ」

テーブルの向こうで、かりんのくちびるからそんな声が漏《も》れる。

部屋の入り口に立っていたのは、斜《なな》めに色の違《ちが》うペプラムブラウスに七段七色の虹《にじ》のティアードスカートを合わせ、白のストッキングにヒールの高い黒の編み上げブーツを履《は》いた、ハート型の眼帯をしたロングヘアの女の子だった。

「いたいた」

ひひひ、と笑って部屋に入ってきたその子を、すずねも知っていた。

かすみ栞《しおり》——ディアゴナルのメンバーだ。

「なんでここが……」

怪訝《けげん》そうに眉《まゆ》を顰《ひそ》めるかりんに、

「居場所を知られたくなかったら、安易にSNSに写真なんか投稿《とうこう》しないこった」

鳩《はと》が喉《のど》を鳴らすみたいに、かすみ栞《しおり》は笑った。

「あ、どもども」

彼女はすずねを向くと、おどけた様子で敬礼をしてみせた。

「ディアゴナルのかすみ栞《しおり》でっす。かりんがたぶんいつもお世話になってまーす」

「こ、こちらこそ……イアーポ所属の仙宮《せんぐう》すずねです！」

反射的に業界挨拶《あいさつ》をしてしまった。

だって！　かすみ栞《しおり》！　ディアゴナルのナンバー2！　今の実質的なセンター！　今もだけれど、ちょっと独特なファッションが女子に人気で、ティーン雑誌のモデル出身だ。歌唱力が抜群《ばつぐん》で、時にハイトーンの伸《の》びはぶわっと鳥肌《とりはだ》が立つ。総合力ではかりんに軍配が上がるも彼女がセンターの名曲も少なくない。すずねはかりんの単推《たんお》しではあるけれど、ディアゴナル自体も大好きで、箱推《はこお》しでもある。かすみ栞《しおり》を前にして、冷静でいろという方が無理だった。

興奮と思考が止まらない。大体、今日のこのコーデはなに⁉　ハート眼帯とか反則的にかわいいんですけれど⁉　新曲？　新曲のコスなわけ？　かりんさまが卒業したあとは新曲もライブの告知もなかったけど、期待していいの？　しちゃうよ⁉

「……おーい、お姉さーん？」

（――はっ！　思わず限界オタク思考になってしまった。いかんいかん）

半開きになっていた口元を引き締《し》めて、垂れそうだった涎《よだれ》を呑《の》み込《こ》む。

すると、ほうほう、と呟《つぶや》きながら彼女は、観察するように、視線で嘗《な》めてきた。見定められている、と感じて少し座りが悪い。

「……ちょっと。何しにきたのよ」

明らかに不機嫌《ふきげん》になって、かりんは栞《しおり》を睨《にら》んだ。

気持ちを偽《いつわ》らない気安い様子が、二人の仲の良さを感じさせる。

ディアゴナルで、二人は特に絡《から》みの多いメンバーだった。オフショット（と称《しよう》したもの）でも、二人一緒《いつしよ》で何かをしていたり、くっついたりしていた。

設定か本当かはわからないが、かすみ栞《しおり》は帰国子女で、それ故《ゆえ》にハグが多い、ということになっていて、頬《ほお》を寄せたり、腕《うで》にしがみついたり、といった、百合《ゆり》的ショットは、すずねにとって尊いご褒美《ほうび》だった。

「いや、ご参拝にきたらあんたがいるってわかったから、ちょっと奢《おご》ってもらおうかなって思ったんだけど――デートじゃしゃーない」

デート！

自分でもそれっぽいなあと思っていても目を逸《そ》らしてきたことを直球で言語化されて、テンションが一段上がった。もっともすぐさま、

「そんなんじゃないって」

かりんに否定されて、そうですよねえ、と元に戻《もど》ったが。

「照れんなって」

腰《こし》に手を当てて、かすみ栞《しおり》は、ふふん、と鼻を鳴らしてかりんを見た。

「もう聞きました？　こいつ、お姉さんに憧《あこが》れて声優を目指したんすよ？」

（は？）

耳を疑った。理解が追いつかなかった。そんなこと――もちろん初耳だ。

（どどういうこと？　え？　わたしのことを前から知ってた？）

「ちょっとぉ！」

かりんが蹴《け》るように席を立つ。顔が真っ赤だった。昨夜、ふらふらするまで呑《の》んだときも、これほどではなかった。

「何？　まだ言ってなかったの？　あんたって行動力はあるくせに、変なところで遠慮《えんりょ》すると

こあるよね」

「わたしにはわたしのペースがあるんだよ!」

「——お姉さん、それでですね?」

「おおい!」

漫才《まんざい》みたいなやり取りに呆気《あっけ》に取《と》られ、すずねは口を挟《はさ》めなかった。これは、長い時間を共に過ごしてきた間にだけある空気だった。

かすみ栞《しおり》は、鼻を鳴らしてかりんを見た。

「あのね。あんたのことだから、いつかいつかでずっと言わないっしょ? わかってるんだから。ちゃんと仲良くなりたいなら、きちんとしなさい」

お姉さんめいた叱責《しっせき》に、かりんは不服そうながら押し黙る。

「じゃ、あらためて」

さすがのアイドルスマイルですずねをどきりとさせてから、かすみ栞《しおり》は爆弾《ばくだん》を落とした。

「……お姉さん、握手会《あくしゅかい》に来てくれてましたよね?」

ぎゃあ、と本域で叫《さけ》びそうになった。

知られていた⁉

いつから⁉ 最初から⁉

「かりんったら、大騒《おおさわ》ぎでしたよー。推《お》しが! 推《お》しが来てる! って。しかも並んでるのが自分の列だったから、もう」

かすみ栞《しおり》はにやにやし、そんな彼女をかりんは恨《うら》みがましい目つきで睨《にら》んだ。怒《おこ》っているというより、恥《は》じらっての眼差《まなざ》しな気がする。

混乱で言葉がすり抜《ぬ》けていく。つかまえることができない。

ただ、その中にあって、あるアニメの名前だけは捉《とら》えることができた。それは、すずねが初めてメインキャストを勝ち取った、声優として、ターニングポイントとなった作品だった。

女子中学生の日常を描《えが》いた、オリジナル作品だ。

大人の目から見たら些細《ささい》な、けれど、中学生にとっては一大事な出来事が次々と起こり、それらをゆるっと解決していく。中には解決せずに流して終わりのものもある。

完全な答えはないけれど、ほんの少しだけ前に足を踏《ふ》み出《だ》せる物語。

続編こそなかったが、初めて登壇《とうだん》したイベントは楽しかった。ソフトも、少し前にブルーレイボックスで再発売されて、好評だと聞いた。

「かりん、そのアニメを見て声優になろうと思ったんですって。その頃《ころ》、いろいろあったみたいで、お姉さんの演技が救いになったらしいですよ？」

自分の演技が誰《だれ》かの救いになっていたなどと、考えたこともなかった。しかもそれが、推《お》しだなどと、夢にも思うはずがない。

そもそもそれは自分の演技力ではなく、きっと物語の力——そう言いかけて、呑《の》み込《こ》んだ。

自分にも似た経験があることを思い出した。

心を動かすのは物語の力、演出の力——だけど演者はそれをブーストする。外画《がいが》で、同じ作品を別の演者が吹《ふ》き替《か》えたものを観《み》たことがある。劇場にかけられたものは、宣伝頼《せんでんだの》みのタレントを起用していて、お世辞にも上手《うま》いとは言えなかった。ソフト化に当たってプロの声優に差《さ》し替《か》えられたものは、俳優が本当に日本語を話しているのではないかと思うほど、ぴったりだった。

自分の演技によってあのアニメがブーストされて、かりんが心が楽になったというのなら、演者がそれを否定するのは違《ちが》う。

「けど、そんなこと全然——」

どうして言ってくれなかったの、という思いが顔に出てしまったのかもしれない。

かりんは嘆息《たんそく》すると、むん、と顔を上げた。腹を括《くく》った様子でまっすぐに見つめてくる。相変わらず、頬《ほお》は熟したみたいに赤く、瞳《ひとみ》は潤《うる》みを帯びているが、強い意志が感じられて、すずねは少し気圧《けお》された。

だって、とかりんは言った。

「すずねさん、事務所で会ったとき、完全に初めましての態《てい》だったじゃないですか。あなたのことなんか知りませんよー、みたいな。はっきり言って、ショックでしたよ。卒業してそんなに経《た》ってないのに、もう忘れちゃったのかなって。いや、そもそも握手会《あくしゅかい》に来てくれたのだってただの気まぐれだったのかなって」

そんなわけがない。抽選《ちゅうせん》に当たるために何枚CDを買ったことか！

「けど、写真集のサイン会にも来てくれたし、ライブでだって何度も見かけたし、目だって合ったし、手を振《ふ》ったら嬉《うれ》しそうに振《ふ》り返してくれたし、ああこれ絶対わたしのこと好きだと思ってたのに、アイドル卒業したら捨てられたんだ、って落ち込みましたよ。すずねさんと一緒《いっしょ》に演《や》りたくて、イアーポに入ったのに」

（そうなの⁉）

「わたしに会ったら、飛《と》び跳《は》ねて喜んでくれると想像してた自分が馬鹿みたい」

さすがに職場でそれはできない。演じることにかけてはプロだから、完《かん》っ壁《ぺき》に平静を装《よそお》ったが、内心では踊《おど》り狂《くる》っていたことは知ってもらいたい。

「けど、考えたら当たり前なんですよね。すずねさんは、アイドルの鐘月《しょうつき》かりんが好きだったわけで。卒業したら、わたしはただの新人声優ですから」

確かに……自分はガチ恋勢《こいぜい》ではない。

しかし、今でも鐘月《しょうつき》かりんのことは大好きだ。推《お》す気持ちに変わりはない。ないのだが
――考えてみれば、アイドルではなくなった彼女の何を、自分は推《お》しているのだろう。

「だから、一から仲良くなって、それから、わたしの握手会《あくしゅかい》に来てましたよね、って、思い出させようと思ってたのに」

じろり、とかすみ栞《しおり》を睨《にら》む。

「台無しじゃん！」

「いやいや、忘れてないっしょ。え？　それとも本当に忘れてたんですか？」

「まさか！」

思わず大声で否定してしまった。びっくりしたみたいに、かりんの目が丸くなる。

「違《ちが》うよ……かりんさまは、わたしのオアシスだから、雑にいじられたくなくて、オタなのを隠《かく》してただけだし」

「おー。この人、ガチだ」

かすみ栞《しおり》が、目を瞬《しばた》いた。

そうだよ。悪いか。

「オタ活《かつ》を公表したら、それは消費の対象になっちゃうから、嫌《いや》だったの」

もはやこれまでだ。

ファンミーティングに参加していたことを認知《にんち》されていたのなら、隠《かく》すこともない。

「かりんさまにも内緒《ないしょ》にしてたのは、最初がその形で始まっちゃったからっていうのもあるけど、卒業して新しい道に踏《ふ》み出《だ》したのに、アイドル時代のことを持ち出されるのは過去が追いかけてきたみたいで嫌《いや》かな、って」

それと、もうひとつ。

これは仲良くなってしまってから思ったことだけれど、ファンだと告げてしまった途端《とたん》、ファンと推《お》しに戻《もど》ってしまうのでは、と躊躇《ちゅうちょ》したのもある。

それが何故《なぜ》嫌《いや》なのかは、自分でもはっきりとしないので、言うつもりはないけれど。

「なんだー……ばれてたのかー」

どっと力が抜《ぬ》けた。

「だったら昨夜、あんなに頑張《がんば》って片付けなくてもよかったんじゃん」

「なになに？　どういうことです？」

興味津々《きょうみしんしん》といった様子で、かすみ栞《しおり》が目を輝《かがや》かせる。

「かりんさま、ワインを飲みすぎて、昨夜、うちに泊《と》まったんです。急だったから、グッズをしまうのが大変だったってだけの話」

「え、そうだったんですか？」

かりんは、何故《なぜ》か嬉《うれ》しそうだった。

「目が覚めて部屋を見たら、ディアゴナルのグッズとかひとつもなくて寂《さび》しくなっちゃった時に写真集を見つけて、ちょっといじわるしてやるって思ったんですけど」

それでどこか楽しげなあの態度だったのか。

「違《ちが》うよ。いつもは、ディアゴナルとかりんさまのグッズたちに囲まれてます。写真集だって、愛《め》でる用、保存用、サイン本って三冊持ってるし」

もう、どうとでもなれ。

雑に消費されるのが嫌《いや》なだけで、オタであることを恥《は》じてはいない。自分の行為《こうい》を恥《は》じるのは、推《お》しを恥《は》じることと同じだ。

「いやあ、ありがとうございます」

ぺこりとかすみ栞《しおり》は頭を下げた。

「できたら新しいディアゴナルも引き続き応援《おうえん》してくれると嬉《うれ》しいですけど……お姉さんは単《たん》推《お》しだから難しいかな？」

確かに、かりんが卒業してからは、積極的に情報を追いかけてはいなかった。絶対的センターのいないディアゴナルは精彩《せいさい》を欠いたのは否《いな》めず、新曲も出していない。

「今度、新メンバーが入ることになって、新曲も出るので、よかったら観《み》てくださいね。近々動画サイトにMVが上がりますんで」

「そうなの？」

喜色を浮《う》かべたのは、かりんだった。

「わたしが言うのも違《ちが》うかもだけど……おめでとう」

「ありがと」

かすみ栞《しおり》はにっと笑って、それから、少し優《やさ》しい真顔になった。

「あんたさ、ずっと気にしてたでしょ。でも、大丈夫《だいじょうぶ》だから。ていうか、自分がいなくなったらグループがもたないんじゃないかって思うのって、どんだけだよって話。わたしたちもちゃんと前に進んでるから、自分のことだけ考えな」

「……うん」

子供みたいに、かりんは頷《うなず》く。

「まあ、まだあんたの卒業に納得《なっとく》してないファンもいるみたいだけど、そいつらも新しいわたしたちのパフォーマンスを見たら、納得《なっとく》するでしょ。つーか、させてみせる！」

「うん、そこは心配してない」

二人は信頼《しんらい》している同士だけが見せる、腹の底に何もない笑顔《えがお》になった。

「じゃ、そろそろわたしは退散するかな。デートの邪魔《じゃま》しちゃ悪いし」

「だから、デートじゃないって」

「はいはい。じゃあ、またね」

かすみ栞《しおり》は少しかがんで、かりんの頬《ほお》にキスをした。

どきん、と心臓が跳《は》ねた。

かりんは少しも嫌《いや》がらなかった。知っている。かすみ栞《しおり》は帰国子女で、キスはただの挨拶《あいさつ》であり、楽屋裏と称《しょう》したオフショットにも何枚も登場している。

「ねえ、目、どうしたの？」

かりんが、かすみ栞《しおり》が眼帯をしている側の、自分の目を指す。

「ああこれ？　ものもらい。医療用のだとかわいくないから」

「なんだ」

「今度、みんなで集まろ」

そう言って、かすみ栞《しおり》は部屋を出て行った。

「ったく」

と呟《つぶや》いたかりんの瞳《ひとみ》には、優《やさ》しさと愛情が溢《あふ》れていた。かつての仲間――いや、今もきっと仲間なのだろう。

「ばれちゃいましたね」

照れくさそうに微笑《ほほえ》むかりんの言葉には、すずねと自分の二つの秘密が含《ふく》まれていた。

「あ、でも、『さま』はやめてくださいね。さすがに恥《は》ずいので」

「うん」

周りに聞かれたら、何事かと思われる。

だけど――もやもやする。

先刻のキスが、胸に食い込んでいる。

前は同じシチュエーションに、きゃあ、と昂《たか》ぶったのに、それを目の前で生で見られたというのに、どうしてか、心は曇《くも》っていた。

お皿の上で、あれほどふわふわだったパンケーキが、すっかり萎《しほ》んでしまっていた。

7

「二人とも受かったわよ？『宇宙《そら》を往《ゆ》く楽園鯨《らくえんくじら》』のメイン」

二週間後、事務所に呼び出されたすずねとかりんは、会議室で巳甘《みあま》から、そろってそう告げられた。結果を直接教えてもらうことはあっても、他の人と一緒《いっしょ》というのは珍《めずら》しい。

一瞬《いっしゅん》の沈黙《ちんもく》のあと、

「やっ――たあっ！」

かりんは両拳《こぶし》を握《にぎ》り、本当に嬉《うれ》しそうにそれを天井《てんじょう》に向かって突《つ》き上《あ》げた。

ようやく、初めての合格だった。

オファーは多く、受けたオーディションの数も事務所一だったが、これまで何の成果も得られていなかった。そのせいで、知名度だけで採るから、などという陰口《かげぐち》が、すずねの耳にまで届いていた。

賀彌河麻実《がみかわまみ》などは、あまりに公然とそういうことを言うので、さすがに結衣香《ゆいか》からやんわりと遠まわしに咎《とが》められていた。賀彌河《がみかわ》は、自分の発言が事務所批判になっているということに気づいていないようで、結衣香《ゆいか》の助言もそこだったのだが、わからないらしい。

その賀彌河《がみかわ》は、今期もレギュラーは一本も取れなかった。

同情はしない。

アニメーションはみんなで作るものだから、現場は空気を大事にする。外から見たら過剰《かじょう》かもしれない礼儀《れいぎ》や挨拶《あいさつ》もそのためだと、すずねは理解している。

今の賀彌河《がみかわ》はそこが駄目《だめ》だ。現場の空気を悪くする。オーディションでも気持ちが空回りして悪目立ちして、それが落ちる原因になっているらしい。

前は違《ちが》ったんだけど、と結衣香《ゆいか》は言っていた。主役は難しくても演技は評価されていて、毎期、何本かはレギュラーを獲得《かくとく》していたと。それが、オーディションに受からなくなって、変わってしまったらしい。

他山の石としなければ、とすずねは思う。他人事《ひとごと》ではない。明日は我《わ》が身《み》だ。アーティスト活動はともかく、数年前からオファーのある写真集は、考えてみるべきなのかもしれない。

比べると、かりんはさすがは推《お》しだった。

批判も、陰口《かげぐち》も、かりんは平気な顔をしていた。呑《の》みに行っても、愚痴《ぐち》のひとつも漏《も》らさなかった。見る目がない、とすずねの方が怒《おこ》ってしまい、窘《たしな》められるくらいだった。

だが、それもようやく終わり。

新人で、初めてで、主役——もちろん、演技以外の要素も加味されてのことだろうが、そんなのはいくらでもある。知名度だって実力のうちだ。

「やったね、かりんちゃん」

「はい！」

ぱん、と手を打ち合わせた。

ファンだとばれたあとも、すずねは彼女をちゃん付けで呼んでいた。「さま」はよしてください、と懇願《こんがん》されたので、なんとか我慢《がまん》している。

「それでね、二人そろって来てもらったのは、もうひとつ、お話があるからです」

すずねは、しゃんとした。

巳甘《みあま》がこんな風に持って回った言い方をするのは、いい話のときだ。

「二人ラジオも決まりました！」

ラジオ！

ぶるぶるっと喜びが背骨を駆《か》け上《あ》がって、鳥肌《とりはだ》が立った。本来裏方である自分たちを知ってもらうことのできるアニラジの仕事は好きだ。

今のところすずねには、アニメに絡《から》めたラジオしかオファーはないが、先輩《せんぱい》声優の中には自分の名前を冠《かん》したラジオを、十年以上も続けている猛者《もさ》もいる。

そういうのも、いつかやってみたいと思っている。

「放映開始前から始めて最終回まで、だいたい二クール。評判がよかったら冠《かんむり》ラジオのオファーに繋《つな》がるかもしれないから、頑張《がんば》って」

すずねはかりんと顔を見合わせ、はい！　と事務所内に響《ひび》き渡《わた》る声で返事をした。

☆

『宇宙《そら》を往《ゆ》く楽園鯨《らくえんくじら》』は、漫画《まんが》が原作のSFだ。

今は異世界もののブームが山を越《こ》え、業界が次の鉱脈を探している過渡期《かとき》で、オリジナルやSF、青春や恋愛《れんあい》など、作品は多岐《たき》にわたっている。

原作は、SNSなどでカルト的な人気はあるが、わかりやすい部数という目安では、そこまで売れているわけではない。

そうしたものでもアニメになるというのは、業界的にはいいことだと思うし、演者としてもいろいろなジャンルの作品を作ってもらえると、チャレンジしがいがある。

内容は、《楽園鯨《らくえんくじら》》と呼ばれる恒星《こうせい》間宇宙船で事故が起こり、修学旅行のための冷凍睡眠《れいとうすいみん》中だった高校生たちのほとんどが死亡する中、唯一《ゆいいつ》、生き残った天才女子高生と、彼女によって何とか頭部だけ保持できたクラスメイトが、旅をする話だ。

天才マッドサイエンティストの女子高生、Dr．ブレンダ・S・美幸《みゆき》をすずねが、頭だけになってしまった女子高生、天見《あまみ》はるかをかりんが演じる。

デザイナーベビーである二人に両親はいない（この世界の人間は全てがそう）。

旅の目的は、大陸並みに広い巨大《きょだい》宇宙船のどこかにあるはずのラボで、はるかの体を再生すること。だが、全てが自動管理された世界で、情報はすでに失われ、トラブルも続発する。その度、頭だけのはるかは、Ｄｒ．美幸《みゆき》によって様々なボディと合体させられ、《自分だけが》働かされることになる。

コメディ感もあるＳＦだが、二人に百合《ゆり》を見出《みいだ》す読者も多く、Ｄｒ．美幸《みゆき》と、あれこれと世話を焼かれるしかない（首だけだから）天見《あまみ》はるかの関係性が、ツボる。すずねもオーディションに当たって初めて読み、知らなかったことを後悔《こうかい》した。

そんな作品を最推《さいお》しと組んで演《や》れるのは、喜びしかない。

原作は現在も連載《れんさい》中で、五巻まで出ている。完結していないので、アニメでは旅の途中《とちゅう》までしか描《えが》かれないだろう。だが、人気が出れば二期、三期もありえる。

アニラジは、その手助けをするものだ。

とはいえ、放映が始まるまでは出せる情報もほとんどないから、構成は主にパーソナリティの《プライベートトーク》と聴取《ちょうしゅ》者のメールが頼《たよ》りの《コーナー》となる。

すずねもかりんもラジオの経験者なので、その辺り、問題はなかった。構成作家も他のアニラジでも引っ張りだこのベテランがついてくれた。

意外だったのが、動画付きではなかったことだ。

せっかくかりんを起用したのに、あの美しいご尊顔を映さないのは大いなる損失だとすずねは思うのだが、大人の事情があるらしい。

毎週配信の一回三十分で、一度に二回分を録《と》る。

何回かに一回はライブ放送の予定で、その前哨戦《ぜんしょうせん》として第ゼロ回の配信が予定されており、その回だけは動画付きとなる。

とはいえ、ゼロ回と謳《うた》ってはいるものの、実質、アニメ化特番だ。出演者は自分たちのほかに、監督《かんとく》、原作漫画《まんが》の担当者、それと司会のフリーアナウンサー。

進行を任せられるのは助かる。やれと言われれば、何度かやったことがあるから問題はないし、基本、台本に従えばいいから大丈夫《だいじょうぶ》だが、人に任せられるならその方がいい。

進行で大事なのは、監督《かんとく》と漫画《まんが》の担当者のフォローだ。

話すのが達者な人もいるが、そういう人は暴走しがちだし、それを上手くいなすのも司会の役目なのだが、演者が監督《かんとく》を諫《いさ》めるのは、立場的になかなか気が重い。

その点で、『宇宙《そら》を往《ゆ》く楽園鯨《らくえんくじら》』のラジオ『くじらじお』のゼロ回――アニメ化発表特番は、とても楽しみだった。

☆

（の、はずだったんだけど……）

コーナーの時間が近づいてくるにつれ、すずねは自分の気持ちをどうすればいいのか、もてあましていた。

配信開始二時間前の打ち合わせで、構成作家の釈迦石《しゃかいし》から渡《わた》された台本を見たすずねは、体温が、がん、と上がった。

アニメの基本的な情報、キャスト紹介《しょうかい》、原作の内容と世界観の説明などのあとで、バラエティ的なコーナーがある。『原作のシーンにキャストが挑戦《ちょうせん》！』が、それだ。内容は、アフレコではなく、実際に体を使って、原作に登場する場面を再現してみせるというもの。

それ自体は、なんていうことはない。

演劇は好きだ。

最近はすっかりご無沙汰《ぶさた》だけれども、また舞台《ぶたい》にも立ちたいと思っている。

問題は、その内容だ。

「では、次のコーナー！」

司会の山本《やまもと》アナウンサーがテンション高く宣言して、すずねは体を硬《かた》くした。

「これからキャストのお二人には、この箱の中から紙を引いてもらい、そこに書かれた原作の名シーンを実際に再現してもらいます！」

山本《やまもと》アナが手にした大きな黒箱を振《ふ》ると、ガサガサと紙の音がした。中には折《お》り畳《たた》まれた指令書が入っている。よりぬかれた原作の名シーンというのは——Dr．美幸《みゆき》と天見《あまみ》はるかの百合《ゆり》的な行為《こうい》ばかり。

「もう誰《だれ》？　これ考えたの誰《だれ》？……ありがとうございまーす！」

スタッフの笑いが起こる。

観客はいないが、テーブルに置かれたタブレットには自分たちの配信が映っていて、リアルタイムのコメントが流れていく。

——『え？　あのシーン来る？』

——『首だけとかどうするのかね』

——『WWWWWWWW』

——『百合百合《ゆりゆり》してほしい！』

——『ゆりー！』

文字列が、ざあっと画面を埋《う》め尽《つ》くして流れていく。

正解だった。

このコーナーで再現されるシーンは、二人のどこか百合百合《ゆりゆり》しい場面なのだ。原作の二人は恋仲《こいなか》であるわけではないから、要するにこれは、百合《ゆり》営業である。

「はいっ！　引きました！」

ボックスから取り出した紙を、山本《やまもと》アナが開く。

「まずはこれ！　原作二巻！　無茶な作戦で乱れ髪《がみ》をＤｒ．美幸《みゆき》の膝《ひざ》の上で梳《す》いてもらうはるかちゃん！　では、準備してもらいましょう！」

促《うなが》され、すずねとかりんはテーブルを回って前に出る。

アシスタントが素早《すばや》く緑色のポンチョをかりんに手渡《てわた》した。頭からすっぽりと被《かぶ》ると、照《て》る照《て》る坊主《ぼうず》のようになる。

すると、現場ではわからないのだが、背景がグリーンバック合成のため、画面上ではかりんは首だけしか映らない。

椅子《いす》が用意されて、すずねはそこに座った。

足を開き、その間にかりんが後ろ向きに正座する。横から映しているので、画面上は一応、かりんの生首がすずねの膝《ひざ》に乗っているように見える。もっとも体の部分が床《ゆか》とは違《ちが》う絵になっているので、完璧《かんぺき》ではない。

「では、どうぞ！」

山本《やまもと》アナの声に、すずねは、すう、と息を吸ってＤｒ．美幸《みゆき》を引き出した。

「……ああもう、ぐちゃぐちゃ。自分で髪《かみ》も梳《と》かせないのかね？」

「首だけだからね！」

Ｄｒ．美幸《みゆき》が煽《あお》り、天見《あまみ》はるかが文句を言う、というのはこの作品の鉄板だ。

ちゃんと首だけに見えるように、かりんの肩《かた》を少し強く膝《ひざ》で挟《はさ》みつつ、左手で綺麗《きれい》な髪《かみ》をすくい上げるように持ち、ブラシで梳《す》いていく。

光の加減によっては微《かす》かに碧《あお》がかって見える黒髪《くろかみ》は、一点の曇《くも》りもない。ブラシもまるで空気を梳《す》いているみたいに通る。

一梳《ひとす》きごとに、何故《なぜ》だか愛《いと》おしさが込《こ》み上《あ》げてくる。自分にもママ味——母性があるのかもしれないと、すずねは感じた。

人のつむじをじっくり見る機会とか、なかなかない。かりんのそれはほぼほぼ頭頂部にあって、渦《うず》もそんなにはっきりではないが、綺麗《きれい》だ。

「本当に世話がやけるねえ……」

「首だけだからね！」

笑いが起こる。

猫《ねこ》を撫《な》でるのと同じく、ずっとこうしていられる、と思ったが、

「はい、ありがとうございましたー！」

山本《やまもと》アナが終了《しゅうりょう》を無情に告げた。

足の間で、ふう、とかりんが息をつく。彼女も、声優としてこういう現場は初めてだから、

やはり緊張《きんちょう》しているのだろう。

飛んできたスタッフにブラシを渡《わた》す。モニターを見ると、流れていくコメントは概《おおむ》ね好意的で、ほっとした。

「さあ、時間もないので次、行きますよー！」

すずねは、ポンチョ姿のかりんと並んで、山本《やまもと》アナがボックスから二枚目を取り出すのを見守った。ちらりと見たモニターには、何ともシュールな画《え》が映っている。

首だけでもかりんはかわいいけれど、やはり生首姿というのは胸がざわざわする。今のところその姿での生存は不可能であり、死を思わせるからだろうか。

「はい！　来た来た来た！　原作一巻！　歯磨《はみが》きシーン！」

どきん、とした。

コメントで視聴者《しちょう》が、おお、とざわつく。

首だけになってもメンタル保持のために食事は必要であり、それが済めば歯を磨《みが》かねばならないのだが、当然自分ではできないので、Dr．美幸《みゆき》にやってもらうという、その初めてのシーンだ。

すずねは、じわっと脇《わき》に汗《あせ》が滲《にじ》んだ気がした。

さっきと違《ちが》って、このシーンは気持ちの難易度が高い。何しろ距離《きょり》が、日常では考えられないくらい近い。そうでなければできない。

すでに心臓が駆《か》け足《あし》の準備を始めている。

「では、やってもらいましょう！」

スタッフに渡《わた》された歯ブラシを手に、かりんと向かい合った。

彼女が左、すずねが右。

歯ブラシは、漫画《まんが》ではわけのわからない形をした謎《なぞ》道具だが、ここでは実際に口の中に入れるので、安全性を考えて本物が用意されていた。

どくん、どくん、と心臓のひとうちひとうちがはっきりとわかる。

マイクに乗ってしまわないように気をつけながら大きく息を吸って、首を持っているみたいに見えるよう、左手をかりんの頬《ほお》を支える形で添《そ》える。

ぴくん、とかりんが微《かす》かに震《ふる》えた。

「……ほら、口を開けなよ。閉じたままじゃ磨《みが》けないだろう？」

「うー」

口を閉じたまま唸《うな》って、それから観念したみたいにかりんは目を閉じ、口を開ける。

「もっと大きく。それじゃあ見えやしない」

「えるな」

見るな、と言って、それでもかりんはさらに大きく口を開けた。

その状態を保持するため、親指で下くちびるを押さえる。

やわらかいグミのようなぷにっとした感触《かんしょく》で、リップのせいで少しぬるっとする。

生温かい息が、指を撫《な》でていく。

人の口の中を、こんなにしっかり見るのは初めてだった。

なんというか、ピンク色で、ぬめぬめしている。

歯ブラシを入れると、ぬるんと舌が動く。歯茎《はぐき》を傷つけないよう、やわらかく擦《こす》る。

「ふっ」

かりんが、声をもらした。

これは演技だ。原作の吹《ふ》き出《だ》しにも書いてある。そうわかっているのに、うなじの辺りがぞくっとした。

やばい。これはやばい。スイッチが入ってしまいそうだ。

冷静に、と自分に言い聞かせるが、そんなの無理、とうずくものがある。推《お》しのこんな姿を見せられて、興奮しないわけがない。

欲望に、事務所の先輩後輩《せんぱいこうはい》でしかないという関係性の一線が、負けてしまいそうになる。

早く終わらせなきゃ、と思いながら、推《お》しの口内を磨《みが》き続ける。

顔が熱い。

唾液《だえき》が溜《た》まって、ぬちゅくちゅと音を立てる。マイクは拾っていないと思いたい。

「……はい、おしまい」

十全に磨《みが》いて、すずねは、かりんの口中から歯ブラシを引《ひ》き抜《ぬ》いた。

溜《た》まった唾液《だえき》を呑《の》み込《こ》んで、ごくんとかりんの喉《のど》が動く。口を閉じた彼女の頬《ほお》はほんのり赤く、リップを調整するみたいにくちびるを動かした。

手を頬《ほお》に添《そ》えたまま、じっと見つめてしまう。肌《はだ》が熱い。これが異世界アニメなら、触《ふ》れているところから炎《ほのお》が噴《ふ》き出《だ》しそうだ。

「はい！　ありがとうございましたー！」

山本《やまもと》アナの声に、ほっとして、すずねは手を離《はな》した。微《かす》かにかりんが目を伏《ふ》せたのは、どういう感情だったのか。

「それでは、次、いきますよー」

ブラインドボックスに手を突《つ》っ込《こ》んで紙をかき回す音を聞きながら、

(仕事に集中！)

と、すずねは気合を入れ直した。

「はい！　次はこれ！　原作第四巻、膝枕《ひざまくら》で耳掃除《そうじ》──」

百合《ゆり》営業は、続く。

☆

「緊張《きんちょう》したあ！」

一緒《いっしょ》に楽屋に戻《もど》ったかりんが、そう言ってテーブルに突《つ》っ伏《ぷ》す姿に、すずねは微笑《ほほえ》んだ。

わかる、と、懐《なつ》かしい、が同時に込《こ》み上《あ》げる。

生配信は、ＮＧワードを言ってしまわないだろうか、という緊張《きんちょう》がある。昨今はその数も増えていて、考えながら喋《しゃべ》るし、喋《しゃべ》りながら考えるので疲《つか》れる。中には謝罪必須《ひっす》、下手《へた》をしたら降板にもなりかねないワードもあるから、気を遣う。

とはいえ、生配信は楽しい。緊張《きんちょう》感だけなく、高揚《こうよう》感がある。コメントが見られる場合には特にライブ感が強い。

「お疲《つか》れ」

テーブルに置かれたミネラルウォーターを差し出す。

かりんは顔を起こし、ありがとうございます、と言って受けとった。蓋《ふた》を捻《ひね》り、背もたれに体を預けて、豪快《ごうかい》に飲む。

むき出しの喉《のど》がごくっと動く様子を、つい見てしまう。そういうところに、なんというか生を感じる。偶像《ぐうぞう》ではない、人間としてのかりんを。

「はあ」

大きく息をついて、ペットボトルを置く。

すずねは、斜《なな》め前の席に座り、

「そんなに？」

「はい。ライブのMCは事前に内容もチェック済みだし、アドリブもほとんどなかったですから。テレビのバラエティは時々無茶振《ぶ》りが飛んできましたけど、本当にNGだった場合は編集してくれますし。けど、生なのにやってきましたよね、あの司会の人！」

すずねは笑った。

「まあ、こっちの業界では有名な人だからね。でもそれが人気なのよ。声優のこともよくわかってるから、本当にNGになるようなイジリはしてこないし」

「ふうん」

まだよくわからない、という顔だ。

「すずねさんは、NGなイジリってあるんですか？」

「わたしは、なんとかのキャラクターをやってください、ってやつ」

「へえー、でもそれよく見ますよね？」

「そうだね。でも、わたしはNG。権利関係も微妙《びみょう》だし。あ。そのキャラクターの出てる作品のイベントやラジオは別だよ？　仙宮《せんぐう》すずねとして出てても、キャラクターありきで現場に呼ばれてるわけだから。振《ふ》られなくても織り交ぜてやっちゃいます」

「なるほど」

勉強になります、とかりんは頷《うなず》く。

「……コーナーはどうだった？」

ちょっと身構えて、すずねは訊《き》いた。かりんにとっては、初めての百合《ゆり》営業だったはずだ。初手であれは、なかなかハードな絡《から》みだった。異性同士なら絶対に行われない。

同性同士ならいい、というのは運営から、無意識にナチュラルに否定されている気もするけれども、受け取る方は受け入れて肯定《こうてい》してくれているのだから、イーブンだと思うことにしている。

「あー……ドキドキしました」

「今後、NGにする？巳甘《みあま》さんに言えば、対応してくれるよ？」

かりんは、ゆるっと首を振《ふ》った。

「大丈夫《だいじょうぶ》です。他の人としたときはどうかわからないけど、すずねさんとは嫌《いや》じゃなかったですから。むしろ楽しかったです」

「ほんとう？気、遣《つか》ってない？」

「ませんよ！」

かりんは、あはは、と豪快《ごうかい》に笑った。

「何で、そんなに心配してるんですか。あれ、すっごく、やばかったですって！　あ、いい意味でですよ？」

「そう？」

「はい。耳かきとか、小学生の時以来ですよ。一応、綺麗《きれい》にしてきたんですけど、大丈夫《だいじょうぶ》でしたよね？」

「うん。物足りなかったかも。大きいの取れると、やったあって気になるじゃない？」

「ええ⁉　やですよ、耳垢《みみあか》とか見られるの！　歯だって、めちゃくちゃ磨《みが》いて、ブレスケアだって、すごくしたんですから！」

「うん。ミントの香りがした」

「嗅《か》がないでください！」

ぎゃあ、と叫《さけ》んで、かりんは顔を赤くした。

すずねは、ほっとしながら笑った。嫌《いや》じゃなかったのなら、よかった。またひとつ、人間・鐘月《しょうつき》かりんが知れたので、とても有意義だった。

「初めてが、すずねさんでよかったです」

微笑《ほほえ》まれ、

（好きー！）

巨大《きょだい》な感情が怒濤《どとう》のごとくわきあがって、すずねを呑《の》み込《こ》んだ。かりんの百合《ゆり》営業の相手は今後ずっと、自分だけにしてほしい。本気でそう思った。

他の声優とあんなことをするところなんて見たくないし、阻止《そし》したい。

もし、かりんが自分とだけしか百合《ゆり》営業をしたくないと言うなら、自分も彼女以外との百合《ゆり》営業をNGにしてもいい――瞬間《しゅんかん》、そこまで高まってしまい、

（冷静になれ、自分！）

すずねは己《おのれ》を戒《いまし》めた。ファン心理を仕事に持ち込んでどうする。百合《ゆり》営業は役の一環《いっかん》なのだから、混同するな。

けれど――

「あ、お菓子《かし》食べよーっと」

無邪気《むじゃき》に差し入れのどらやきに手を伸《の》ばす《推《お》し》に、どうしたって目を細めずにはいられない、すずねであった。

8

鐘月《しょうつき》かりんのネームバリューは、さすがに効果が絶大だった。

声優転身、と変身ヒロインにでもなったのかという見出しがスポーツ紙や週刊誌に躍《おど》り、事務所には問い合わせがひっきりなしだったと巳甘《みあま》から聞いた。

取材の申し込みも、放映前のアニメとしては異例の数だったらしい。

しかも、アニメや漫画《まんが》とは関係の薄《うす》いメディアからがかなりを占《し》め、目的はかりんだとわかっていたので、条件と調整に苦労したようだ。

事務所が取材の条件として提示したのは、あくまでもアニメ『宇宙《そら》を往《ゆ》く楽園鯨《らくえんくじら》』のプロモーションであること。故《ゆえ》に鐘月《しょうつき》かりん単独の取材はNG。必ず、仙宮《せんぐう》すずねとセットでなければ受けない。プライベートに関する質問はNG——等々。

この時点で、相当数が篩《ふるい》にかけられた。かりん単独でなければ意味がない、とそれきり連絡《れんらく》してこないメディアもあり、そういうところは事務所のブラックリストに載《の》った。

結局、残ったのはアニメ系、コミック系、アイドル系、珍《めずら》しいところではSF系のメディアで、かりんのネームバリューを利用しつつも、きちんと『宇宙《そら》を往《ゆ》く楽園鯨《らくえんくじら》』のプロモーションもしてくれそうなところばかりだった。

アフレコも始まっていない時点から、すずねはかりんといくつも取材を受けることになった。

とはいえ、語れることはほとんどなく、結局は、かりんが何故《なぜ》自身の第二シーズンに声優を選んだのか、という話になった。

『それは、すずねさんに憧《あこが》れてです』

と、かりんはどこでも答えた。さすがに、本当は声優になりたかったのにアイドルをやらされていた、とは言わず、エピソードを微妙《びみょう》に変えて話した。

曰《いわ》く、昔からアニメは好きで、アイドルとして大変だった時期に自分を支えてくれた作品の主演がすずねだった、という風に。

『では、仙宮《せんぐう》さんを追いかけて同じ事務所に？』

『はい。一点突破《とっぱ》しました！』

この答えはネットで、コネだのなんだのと火が点《つ》いたが、

『事務所のホームページに上がってるボイスサンプルを聞いてから言いな』

他事務所の声優までもが言及《げんきゅう》してくれたこともあり、炎上《えんじょう》とまではいかずに済んだ。

それすら、イアーポが言わせたんだろ、と言う輩《やから》もいたが、実際にかりんのボイスサンプルを聞いたであろうほとんどの人たちは、納得《なっとく》したのだと思う。

すずねも、先輩《せんぱい》から見たかりんはどうか、と訊《き》かれることは多かったが、こちらは無難な答えに留《とど》めていた。

かりんが自分の《推《お》し》であることは、公言しなかった。

互《たが》いに《推《お》し》であるとわかれば、記事の幅《はば》は広がるだろうが、すずねはやはり、仕事で自分の《推《お》し活《かつ》》を消費したくはなかった。それまで仕事になってしまったら、頑張《がんば》る拠《よ》りどころがなくなってしまう気がして。

配信が始まった二人ラジオで、プライベートはかなり開陳《かいちん》している。プライベートトークはラジオの胆《きも》だ。声優は裏方ゆえ、素《す》の顔が見られる機会をファンは喜ぶ。

かりんも、特に強く頼《たの》んだわけではないのに、すずねが自分を推《お》していることについては、匂《にお》わせもしないでいてくれた。

メディアだけでなく、事務所にも黙《だま》ってくれている。

ラジオの収録のある日、ごはんに行った時に、二人だけの秘密ですね、と言うので、実は事務所の先輩《せんぱい》の中で、結衣香《ゆいか》だけは知っている、ということを話したら、

なぜか、切れられた。

「は？　なんですかそれ」

「なんでですか？　事務所にも秘密にしてるのに、なんで彩葺《あやぶき》さんにだけは話してるんですか？　わけわかんない。どういう関係なんですか？　え？　なんで？」

どうしてか、ねっちりと詰《つ》められたが、

「新人の頃《ころ》からお世話になってる人だから」

そう誤魔化《ごまか》した。

さすがに、わたしたちは本百合《ほんゆり》仲間で、あまり隠《かく》しごとがない、とは言えない。それは究極のプライベート案件だから、どんなに一緒《いっしょ》に百合《ゆり》営業をしていても、最推《さいお》しであっても、簡単に明かせるものではない。

この案件は、百合《ゆり》営業も多かった。アニメの内容もあって、取材の撮影《さつえい》では、他の作品よりも格段にそうした感じを求められた。

手を繋《つな》ぐ。抱《だ》き合《あ》う。頬《ほお》を寄せ合う。

百合《ゆり》っぽいグラビアはファンを喜ばせ、話題にもなった。女子同士でも近すぎる距離《きょり》感だったが、すずね的には、多少の後ろめたさを感じつつも、役得でしかなかった。

映像のないラジオにおいては、他の女性声優とのエピソードに嫉妬《しっと》したり、好きをアピールしたりといった台本が、毎回、用意されていて、すずねとかりんは望まれるまま、シスターフッドな関係を演じた。

Dr．美幸《みゆき》と天見《あまみ》はるかは物語上も恋人《こいびと》というわけではないので、自然体で演《や》れた。

もっとも、台本がなくても同じような話はできたかもしれない。リアルでかりんにはやきもち妬《や》きなところがあって、そこがまたかわいかった。さすがに、好きをアピールしてはくれなかったけれど。

　そんなある日。思ってもいなかったことが、とある現場で起こった。

☆

　その日、すずねはあるアニメのブルーレイボックス特典用未放映回の収録に参加していた。すずねはその作品のレギュラーだったので、当然、お呼びがかかった。イアーポからはゲストキャラクター役で賀彌河麻実《がみかわまみ》が入り、他にガヤ要員として三名ほどが参加していた。

　その中には、かりんも入っていた。『宇宙鯨《そらくじら》』の本番の前に現場を踏《ふ》ませようという配慮《はいりよ》で、すでに他の作品の収録にも何度か勉強に入っていた。

　何気に、かりんと同じ収録現場というのはこれが初めてだった。

（うわー……どきどきする）

　最推《さいお》しに自分の演技を見られるということが、こんなに緊張《きんちよう》するものだとは思わなかった。

　声優は、ファンに生で収録を見られるということはない。だが、アイドルはファンの前でパフォーマンスをするのがメインだ。キャラソンならファンの前で披露《ひろう》することはあるが、あれは宣伝だ。すずねの本気は、ここにある。

気恥《きは》ずかしさと、自信が同居している。

かりんは、ブースの外の待合室のモニターでこれを見ているはずだった。彼女も自分を推《お》してくれていると知ってしまった今、見えずとも見つめられていると感じる。

自意識過剰《かじょう》かもしれないけれど、そわそわして椅子《いす》の座りが悪い。むずむずする。

（集中、集中……）

ふうー、と深呼吸をする。今は作品のことだけ考えなくては。

久しぶりだけれども、しっかりと予習はしてきた。アニメを見返し、キャラクター設定からどんな性格、体格だったかを思い出し、声を調整してきた。行ける。

『シーン十四から二十、本番行きまーす』

（……よし）

スピーカー越《ご》しの音響監督《おんきようかんとく》の声に、役者たちが立ち上がる。

衣擦《きぬず》れの音すらしない。音を立てずに動くのは、声優の技術の一つだ。それを基準に服を選ぶし、アクセなども外す。

居並ぶマイクの前に立ったときには、すずねの頭の中から、かりんのことはすっかり消えていた。正確に言えば、そこにいるのはもう、仙宮《せんぐう》すずねではなかった。

このアニメの登場人物、逢瀬《おうせ》アビゲイルだ。

台本を片手に持ち、モニターを同時に見る。台詞《せりふ》は覚えていない。現場のディレクションでニュアンスだけでなく、台詞《せりふ》そのものが変わることが珍《めずら》しくないからだ。

『お願いします』

キューランプが点《つ》く。

「……ちょっとお！　待ちなさいよ、Q！」

喉《のど》を開き、普段《ふだん》の声とは違《ちが》う、このアニメの登場人物、逢瀬《おうせ》アビゲイルの声で、すずねはそのシーンの口火を切った。

☆

収録そのものは、ちょっとしたことがあって押したが、よくあることだ。

メインのすずねたちが終わると、ガヤの収録のために十名ほどの声優たちが入《い》れ替《か》わりに録音ブースに入った。イアーポはかりん以外は準所属で、他事務所の研究生や専門学校の生徒たちだった。

「すずねさん、すごかったです！」

すれ違《ちが》ったとき、かりんは弾《はず》んだ声でそう言ってくれた。

「感動しました！　生アフレコの声がアニメで見るのとはまた違《ちが》うっていうのはわかってたんですけど、やっぱりすごかったです！」

まっすぐな賞賛に、すずねは照れくさくなった。それを言ってくれるのが推《お》しなのだから、なおさらだった。

「あ、ありがと……かりんちゃんも頑張《がんば》って」

「はい！」

「あ、でも、そこそこにね？」

「わかってます！」

メインの後ろで場の雰囲気《ふんいき》を作るためのガヤは、悪目立ちをしてはならない。

特に決まった台詞《せりふ》があるわけではなく、アドリブで演《や》ることになるのだが、野次馬役であっても、きちんと作品を理解しておく必要がある。

自分がその世界でどう生きているのか設定し、何故《なぜ》その場にいるのかを考え、どういう感情で声を上げているのかを思い、何を言うのかを決める。

適当に騒《さわ》いでいればいいというわけではない。

終わるまで待っていてくださいね、と言われていたので、すずねは待合室のモニターでかりんの収録の様子を見ていた。

さすがは鐘月《しょうつき》かりんだった。演技では目立たなくできても、存在そのものが目立つ。心なしか他の人たちからは遠巻きにされていたが、気にすることなく堂々としている。

それに、収録が始まれば、誰《だれ》もかりんを気になどしない。

ガヤでもかりんは声が通った。なのに、注意していれば彼女だとわかるが、気にしなければ引っかかるようなこともない。

(すごいなあ)

と感心していたら。

「仙宮《せんぐう》」

声をかけられて振《ふ》り向《む》くと、黒のブラウスに黒のストレートのハイウエストパンツという、いつものカラーコーデの、賀彌河麻実《がみかわまみ》が立っていた。

すずねは慌《あわ》てて立ち上がる。先輩《せんぱい》が立っているのに、座っているのはありえない。結衣香《ゆいか》は気にしないが、賀彌河《がみかわ》はそうしたことにうるさい。

「お疲《つか》れさまでした」

厭味《いやみ》にならないように気をつける。収録が押したのは賀彌河《がみかわ》が原因だったからだが、本人は一ミリもそれを申し訳なく思ってはいないので、いらぬ気遣《きづか》いかもしれない。

「お疲《つか》れ」

妙《みょう》に、にこやかだった。こんな賀彌河《がみかわ》は珍《めずら》しい。演技に納得《なっとく》がいったのだろうか。

モニターの中では、ガヤの収録が終わっていた。今回はワンシーンだけだったが、それでも勉強のため、アピールのため、若手は参加のチャンスを逃《のが》さない。

収録ブースのドアが開いて、彼らが続々と出てくる中、

「仙宮《せんぐう》、このあと時間ある？　ちょっとお茶しに行かない？」

突然《とつぜん》の誘《さそ》いに、すずねは咄嗟《とっさ》に答えを返せなかった。賀彌河《がみかわ》からお茶に誘《さそ》われるなど、初めてのこと。正直、よく思われていないと感じていたので、意外だった。

「ちょっと相談があるんだよね。いいよね？」

行かないわけにはいかない空気だ。仕事があれば断れるのだが、残念ながら今日はこの収録が最後だった。

「わかりました。近くのカフェで――」

「店は決めてあるから。じゃあ、タクシー呼ぶわ」

「あ、はい。すみません」

賀彌河《がみかわ》はスマホを取り出すと、タッチし始めた。

それにしても、何の相談だろう。

仕事で知り合った人を紹介《しょうかい》してほしいという話なら、ちょっと困る。トラブルの元なので、そうしたことはしないと決めている。

向こうから、こういうのができる人って誰《だれ》かいないかな、と訊《き》かれたのなら、信頼《しんらい》の置ける役者を推《お》すことはあるが、逆はしない。

「――駄目《だめ》ですよ、すずねさん」

すっぱりとした声に、賀彌河《がみかわ》の手が止まる。

「何？　鐘月《しょうつき》」

ブースから出てきたかりんが近づいてきて、明らかに賀彌河《がみかわ》を睨《にら》んだ。

今日のかりんは、アシンメトリネックのグレーのニットワンピで、体の線がはっきりとしているのが、とても素敵《すてき》だった。

「すみません。すずねさんはこのあと、わたしと約束があるんで」

あったっけ、と思い出そうとしたが、なかった。

「だからなに？　先輩《せんぱい》が誘《さそ》ってるんだから、そっちを優先するのが当然でしょ」

「プライベートならそうかもしれないですけど、仕事の話なんで」

「そうなの、仙宮《せんぐう》？」

「えっと……」

ここはかりんの話に乗っかって逃《のが》れたかったが、咄嗟《とっさ》の嘘《うそ》は得意じゃない。

「そんな約束ないよね？　スケジュール空いてるの、確認《かくにん》して誘《さそ》ったんだけど」

「打ち合わせですよ。次のラジオの」

すずねが返答する前に、かりんが答えたが、

「あんたに聞いてないわよ。ちょっと黙《だま》っててくんない？　関係ないでしょ？」

少し怒気《どき》を孕《はら》んだ声に、周りの空気が凍《こお》る。

何事かと視線が集まる中、かりんは嘆息《たんそく》して一歩近づいて声量を落とし、

「……気に食わないのはわたしでしょ？　計画が失敗したからって、仙宮《せんぐう》さんを巻き込むの、やめてくれませんか？」

（計画？）

「はあ？　何のことよ！」

かりんの気遣《きづか》いなどまるで無視して、賀彌河《がみかわ》は声を張り上げた。

「変なこと言わないでくれる⁉」

「本当、やめましょうよ。ここ、スタジオですよ？」

「だからなに！」

声優の本気の声量は雷《かみなり》みたいなものだ。広くはない待合室に賀彌河《がみかわ》の怒声《どせい》は轟《とどろ》き、マネージャーの久留間《くるま》が飛んでくることになった。

「ちょっと、何してるの！」

「何の騒《さわ》ぎ⁉」

「いえ、なんでもありま――」

収めようとしたかりんを遮《さえぎ》り、

「こいつが因縁《いんねん》をつけてきたんですよ」

賀彌河《がみかわ》はやめようとしなかった。

「わかった。とりあえず全員、事務所行くよ。こんなとこで冗談《じょうだん》じゃない」

久留間《くるま》は苛立《いらだ》ちながらスマホでタクシーを呼び、それから何事かと顔を出した監督《かんとく》のところへ飛んでいって、騒《さわ》ぎを起こしたことを平謝《ひらあやま》りした。

すずねは内心はらはらと成り行きを見ていたのだが、かりんに焦《あせ》った様子はなく、賀彌河《がみかわ》はあくまでも自分は悪くないといった態《てい》で、不満を隠《かく》そうともしなかった。

☆

二台のタクシーで事務所に着くと、新人たちはその場で解散となり、すずね、かりん、賀彌《がみ》河《かわ》は会議室に連れて行かれて、すずねを真ん中にして、並んで座らされた。

久留間《くるま》がアルバイトの入江《いりえ》に巳甘《みあま》マネージャーを呼んでくるように頼《たの》むと、巳甘《みあま》マネはすぐに飛んできて、いったい何事、という顔ですずねたちを見た。

怪訝顔《けげんがお》の巳甘《みあま》に久留間《くるま》は、

「スタジオでちょっと揉《も》め事《ごと》があったんですよ。どういうことか訊《き》こうと思って」

簡潔にそう説明した。

「マジか」

巳甘《みあま》は久留間《くるま》の隣《となり》に座り、

「それで？　いったい何があったの？」

「知りませんよ」

と最初に口を開いたのは、賀彌河《がみかわ》だった。

「わたしは仙宮《せんぐう》をちょっとお茶に誘《さそ》っただけなんですから。そうしたら、鐘月《しょうつき》がいきなり割り込んできて、難癖《なんくせ》をつけてきたんです」

「そうなの？　鐘月《しょうつき》」

「難癖《なんくせ》じゃありません」

「はあ⁉　わけのわかんないこと言い出して、あれが難癖《なんくせ》じゃなかったらなんなのよ」

かりんは答えない。

こそっと口にした、計画とか巻き込むとか言う話だろうか。

「鐘月《しょうつき》、何を言ったの？」

「…………」

「鐘月《しょうつき》？」

重ねて問われ、かりんは大きく嘆息《たんそく》した。

「……ちょっと前に、わたしも賀彌河《がみかわ》さんにお茶に誘《さそ》われたんです。だからですよ」

はあ？　と賀彌河《がみかわ》は苛立《いらだ》った声を上げた。

「それがなに？　確かに誘《さそ》ったけど、あんた、途中《とちゅう》で消えたじゃない。無理に誘《さそ》って悪かったかな、って思って、あんたの失礼な態度は他の人には言わないでいてあげたのに、恩知らずなんじゃない？」

「恩知らずって……あれって、わたしのスキャンダルを捏造《ねつぞう》するためだったじゃないですか」

隣《となり》で賀彌河《がみかわ》が、息を呑《の》んだのがわかった。

両マネージャーも気づいたのだろう。久留間《くるま》が、

「どういうこと？」

と先を促《うなが》した。

「わたしが男と一緒《いっしょ》にいるところを写真に撮《と》って、スキャンダルをでっちあげようとしたんだと思います」

二人が賀彌河《がみかわ》を見る。

「は――はあ!?　何、わけのわかんないこと言ってんの？　頭、おかしいんじゃないの？　これだからアイドル上がりは！　馬鹿じゃないの!?」

賀彌河《がみかわ》は吠《ほ》えたが、かりんは構わず続けた。

「変な席だなあ、って思ったんです。促《うなが》されて座ったのって、窓際《まどぎわ》のカウンターだったので。裏通りだから人通りはあんまりない場所だったんですけど、さすがに目立つじゃないですか。席を移りませんか、と提案しようとしたら、あとで聞くからとりあえずそこで待ってて、と念を押されて、賀彌河《がみかわ》さんはいなくなっちゃって――これはもしや、と思ったんです」

「何言ってんの!?」

「……賀彌河《がみかわ》、ちょっと黙《だま》って。あとで聞くから」

久留間《くるま》に言われて、賀彌河《がみかわ》はくちびるを噛んで黙《だま》った。

「で？」

「アイドルやってると敏感《びんかん》になるんですよね。自意識過剰《かじょう》でも何でも、それが自分やグループを守ることになるので」

そういうものなのか、とすずねは感心した。

「で、こっそり席を移動して、隠《かく》れて何が起きるか見てました。そうしたら、いかにもな男が店に入ってきて、まっすぐ、わたしが座ってた席に行きました。わたしがいないんで困ったんでしょうね。スマホを出して何かを打ったら、すぐに賀彌河《がみかわ》さんが戻《もど》ってきて、ちょっと揉《も》めて外に出て行きました。そうしたら、路駐《ろちゅう》していた車からカメラを持った男が出てきて、やっぱりなって思いました。デートしてるところをでっちあげて、週刊誌に売るか、ネットに晒《さら》すかしたかったんだと思います」

「はあ⁉ 証拠《しょうこ》は？ 証拠《しょうこ》があんの⁉」

それを言い出したら自白したようなものだよ、とすずねは思ったが黙《だま》っていた。

同じことをされていたら気づけただろうか。

無理だった気がする。自分がそんなことをされるとは微塵《みじん》も考えたことがないし、そもそも写真を撮《と》られたとて、スキャンダルとしての価値などないだろう。

「証拠《しょうこ》ならありますよ」

あっさりと言って、かりんはスマホを出した。画面を何度かタップして、両マネージャーの前に差し出す。

「そのときの写真です」

逆からでも、何が写っているのかはわかった。さっき言っていたいかにもな男。かりんがスワイプすると、二枚目はその男と賀彌河《がみかわ》が話している写真。そうして三枚目は、外でカメラを持った男と一緒《いっしょ》のもの。

「たぶんこの時、わたしが店から出てきていないことを知ったんだと思います。戻《もど》ってこなかったですから」

「これだけじゃ――」

「ちなみに」

何か言い訳をしようとした賀彌河《がみかわ》に、かりんは声を重ねて黙《だま》らせた。

「このカメラマン、わたし、知ってるんですよね。アイドル業界じゃ、ちょっとした悪名を馳《は》せている男で、あちこち出禁になってるので。SNSでいろいろ情報の募集《ぼしゅう》をかけてるので、それで繋《つな》がったんじゃないですか」

「そうなの？　賀彌河《がみかわ》」

久留間《くるま》マネージャーの声は低く、怒《いか》りを感じる。

賀彌河《がみかわ》は答えなかった。それが答えだ。

「どうして――」

わからない、という意味に聞こえたのだろう。賀彌河《がみかわ》は突如《とつじょ》、爆発《ばくはつ》した。

「こいつが汚《きたな》い手を使って仕事を取ってるからですよ！」

立ち上がり、すずねの頭越《ご》しにかりんを指して叫《さけ》んだ。

「うちは声優事務所でしょ⁉　アイドルだったからって、新人がいきなりオーディションを何本も回してもらって、挙句、メインレギュラー⁉　おかしいでしょ！」

激昂《げきこう》する賀彌河《がみかわ》に対し、久留間《くるま》はあくまでも冷静だった。

「別におかしくない。オーディションのほとんどは向こうのご指名だし、メインを取れたのは鐘月《しょうつき》の実力だよ。彼女のデモ聞いた？　そうなら、そんなこと言えないと思うけど」

「聞く必要なんかあるもんか！　なんでポッと出の新人にそんなにオーディションの指名が入るのよ！　アイドルだったからでしょ⁉」

「そうでしょうね」

久留間《くるま》は否定しなかった。

「もし声優として使えるなら、番宣にはうってつけだし、話題にもなる。けど、賀彌河《がみかわ》。基本、指名の外画《がいが》と違《ちが》って、オーディションが絶対のこの世界で、番宣で使えるかもしれないなんて理由でレギュラーが獲《と》れると、本気で思ってるの？」

賀彌河《がみかわ》は答えない。

「だとしたら、あんた、アニメを嘗《な》めすぎよ。あんたがオーディションに通らないの、それが原因なんじゃないの？　そういうの、態度に出るよ？」

「久留間《くるま》」

隣《となり》の巳甘《みあま》が、静かだがきつい声で制した。

今のは言いすぎだ。思っていても、後輩《こうはい》のいる前で言うことではない。

「……賀彌河《がみかわ》」

今度は、巳甘《みあま》が話しかけた。

「あなたが、鐘月《しょうつき》を面白《おもしろ》くないと思っているのはわかった。だけど、仙宮《せんぐう》はなんで？　この子は声優一筋だし、実力はわかってるでしょう？」

賀彌河《がみかわ》は答えない。

「鐘月《しょうつき》と仲良くしてるのが気に食わなかった？　鐘月《しょうつき》を困らせてやろうと思って、仙宮《せんぐう》のスキャンダルをでっちあげてやろうと思った？」

すずねは内心で首を傾《かし》げた。自分が男と一緒《いっしょ》にいるところを撮《と》られたからといって、それでスキャンダルになるのだろうか？

かりんならばわかる。だが、一介《いっかい》の声優である自分に恋人《こいびと》がいたからといって、ニュースバリューがあるとは思えない。

もちろん昨今は声優でもそうした記事を見るようにもなったが、不倫《ふりん》でもない限り、さして話題にはならない。

ぼたぼたっと隣《となり》で音がして、見ると、大粒《おおつぶ》の涙《なみだ》がテーブルにはじけていた。うつむいた賀彌《がみ》河《かわ》の目からとめどなく溢《あふ》れて落ちている。

「……泣きたいのはこっちだよ……」

吐《は》き捨《す》てるように、かりんが呟《つぶや》いた。

それはその通りだ。

けれどすずねは、それとはまったく逆の感情に、心がはじけそうだった。泣くどころか、喜びで踊《おど》り出してしまいそうだった。

——鐘月《しようつき》かりん、格好良すぎ！

である。

知らず、危機に陥《おちい》りそうになっていた自分を、身を挺《てい》して助けてくれたのだから。

賀彌河《がみかわ》との間にこんなことがあったなんて、まったく知らなかった。

言わなかったのは、おそらく、彼女をかばったのだろう。未遂《みすい》に終わったのだし、事務所に報告すれば何らかのペナルティは間違《まちが》いなかった。

そこもまた、推《お》せる！

けれど多分、賀彌河《がみかわ》は別の意味に取ってしまった。

事務所に言わないのは、言えないのだ、と。

意気地《いくじ》がないのだ、と。

だからエスカレートした。周りにいる人間にまで手を出した。それでもかりんはその場だけで収めようとしてくれたのに、賀彌河《がみかわ》は気づけなかった。

「すみません、あとはこっちで」

久留間《くるま》が言い、巳甘《みあま》は頷《うなず》いて立ち上がった。

「仙宮《せんぐう》、鐘月《しょうつき》。もういいよ。お疲《つか》れさま。鐘月《しょうつき》はこのあと赤坂でナレ録《ど》りでしょ？　気持ち切《き》り替《か》えていきましょう。わたしも行くから。仙宮《せんぐう》はもうあがりね？」

「はい」

「あとは上で判断するから、このこと余所《よそ》にはなるべく他言無用でお願いできる？」

ここでいう余所《よそ》とは、他事務所の人間、ということだ。お願い、だから強制ではないが、すずねもかりんも頷《うなず》いた。

隣《となり》で、賀彌河麻実《がみかわまみ》はいつまでも、大粒《おおつぶ》の涙《なみだ》をこぼし続けていた。

☆

「たぶん、それだけじゃないだろうなあ……」

顚末《てんまつ》を聞いた結衣香《ゆいか》は、いつものバーで、溜息《ためいき》と共にそう言った。

「きっと、すずのことも本気で潰《つぶ》そうとしてたと思うよ」

「ええ……？」

意外な言葉に、すずねは目を瞠《みは》った。

「この世界の厳しさは、すずもわかってるでしょ？　麻実《まみ》、少し前に事務所から、別の道を提示されてたみたいなの」

すずねは、喉《のど》がきゅっと締《し》められるのに似たものを感じた。

事務所の言う別の道とは、退所の勧《すす》めだ。

うちではこれ以上のマネジメントは難しいから、フリーになるか、余所《よそ》に行くか——声優を辞《や》めるか、を考えろという宣告だ。

「麻実《まみ》、もう何年もレギュラーが取れてなかったし、外画《がいが》やナレの仕事もほとんど入ってこなかったから、ずっとバイトしてたしね」

「バイト、ですか……」

「うん。珍《めずら》しい話じゃないでしょ？　すずの同世代でも、何人もいるんじゃない？」

その通りだ。

声優一本で食べていける人間は一握《ひとにぎ》りで、多くの役者は別に仕事を持ちながら、声優を続けている。

「オーディションを受けられる席の数は決まってるから、上がいなくなればそこが自分に回ってくる――かもしれない。そう思ったんじゃないかな。あくまでも、かもしれない、だし、そんなことほとんどありえないんだけど、それでもそんな誘惑《ゆうわく》に負けてしまうほど、追いつめられていたのね。それだけ声優が好きなんだろうけど――」

「間違《まちが》ってますよ……」

「うん、そうね。したことは間違《まちが》ってる。鐘月《しょうつき》におおごとにする気がなかったのが救いかな。あとは麻実《まみ》がどうするのか……わたしが言える立場じゃないけど、納得《なっとく》はできなくても、呑《の》み込《こ》める道を選んでほしいな」

「はい」

すずねは、ブランデーベースの梅酒のロックを喉《のど》に流し込んだ。

声優を辞《や》める――考えたこともなかったが、結局は、誰《だれ》かに求められる仕事だ。

今は何とかやっていけているけれど、新人は次々とデビューしてくるし、求められる内容も増えてきている。アーティスト活動をNGにしていることが、いずれマイナスに働くかもしれない。だが、したくもないことをしてまでしがみつくことに意味があるのか、とも思う。それで納得《なっとく》できるのか、と。

できることなら、求められているままで辞《や》めたい。おばあちゃんになって、そういう形で引退できたら、最高だと思う。

「けど、すず。なんだか鐘月《しょうつき》に、ずいぶん慕《した》われてるみたいじゃない？」
「ええ？　そうですか？　そうなのかなあ……」
結衣香《ゆいか》の口からかりんの名前が出ると、動揺《どうよう》してしまうすずねだった。少し前に、女として
はどうなのか、と訊《き》かれたことが、まだ忘れられない。
「聞いてるよ？　プライベートで二人で秩父《ちちぶ》に行ったりもしたんでしょう？　それもう、デー
トじゃない。あ、もしかして、すずのご実家に挨拶《あいさつ》？」
「違《ちが》いますよ！　ロケハンです、ロケハン。今度のアニメで、ちょっと似た雰囲気《ふんいき》の神社が出
てくるから、それでです」
「実家には寄らなかったの？」
「寄りません！」
どうも結衣香《ゆいか》は、かりんと自分をくっつけようとしているのじゃないかと感じる。もちろん
それは、本気で仲を取り持とうという話ではなく、酒の肴《さかな》としてだろうけれど。
「なあんだ」
結衣香《ゆいか》はテキーラのショットを頼《たの》むと、一気に呷《あお》って、たん、とカウンターに小気味よく置
いた。すずねにはとても真似《まね》できない。
「けど、恋愛《れんあい》対象として、絶対にナシってわけじゃないんでしょ？」
「それは……そうですよ。かりんさまのことは今でも推《お》せますし、そんな推《お》しが自分に懐《なつ》い

てくれてるんですよ？　初めて、ガチ恋勢《こいぜい》ってこんな気持ちなのかなあ、って体感してます」

「なんだ。ガチ恋してるんじゃん」

「違《ちが》います！　あくまでも例えです、例え！　こんなふうに恋《こい》しちゃうのかな、勘違《かんちが》いしちゃうのかな、って考えてるだけで、わたしはしてません！」

「どうだか」

ふふ、と結衣香《ゆいか》は笑った。

これが大人だ。重苦しかった空気が、お酒と共に溶《と》けていく。

誰《だれ》かを案じても、その気持ちは嘘《うそ》ではないけれど、時間の中に流れていく——寂《さび》しいことだけれど。

「それに……ガチ恋《こい》しちゃったら、絶対、今以上の関係を求めちゃうと思うんです」

すずねは、正直に吐露《とろ》した。

「わたしのために、時間、割《さ》いて欲しいと思っちゃうだろうし、それは嫌《いや》です。かりんさま、せっかく初めてのレギュラーなんですから、邪魔《じゃま》したくありません」

「じゃあ、それが終わったら？　春には全部の収録、終わってるでしょ？　そのあとなら、いいんじゃない？」

「だーかーらー！」

すずねは、少しむくれて、結衣香《ゆいか》を睨《にら》んだ。

「……わたしだけがガチ恋《こい》したって、仕方ないじゃないですか……」

「むこうも、すずを推《お》してたんでしょ？　嫌《きら》いな人を推《お》したりしないんだから、十分、可能性はあると思うけどなあ」

お酒が美味《おい》しい、と言わんばかりに微笑《ほほえ》む結衣香《ゆいか》に、すずねは答えなかった。

すっかり玩具《がんぐ》だ。

本当、やめてほしい。その気になったらどうしてくれる。ただでさえ今度のアニメは百合《ゆり》営業が多くて、日々、自分と戦っているというのに。

そんな贅沢《ぜいたく》な夢、見させないでほしい。

すずねは梅酒を飲み干し、もう一杯《ぱい》、おかわりをした。酔《よ》いが、分不相応な気持ちを溶《と》かしてしまいますように、と願いながら。

9

十二月になり、『宇宙《そら》を往《ゆ》く楽園鯨《らくえんくじら》』の打ち入りがあった。

関わるスタッフの全員が参加できるわけではないが、それでも五十人規模の集まりとなり、初めて原作者のシロナガス先生ともご挨拶《あいさつ》をさせていただき、結束とやる気が強くなったように、すずねには思えた。

シロナガス先生はシャイな人で、みんなに向けての挨拶《あいさつ》も短かったが、自作がアニメになるということについては本当に嬉《うれ》しいのだと伝わってきた。そういう原作者に会うと、この人の喜びを裏切るような演技はできない、と身が引《ひ》き締《し》まる。

かりんはといえば、さすがなもので、完全に営業モードでアイドルスマイルを振《ふ》り撒《ま》いて、周りを完璧に骨抜《ほねぬ》きにしていた。こちらも、みんなのやる気を何段階も引き上げていたと思う。

賀彌河麻実《がみかわまみ》の退所を巳甘《みあま》から聞いたのは、そのあとのことだ。しばらくは、フリーで活動するらしい。

彼女のしたことについては、できたらあまり周りに言わないであげてと頼《たの》まれたが、端《はな》から言いふらすつもりなどなかった。結衣香《ゆいか》には話したが、彼女もわかっている。

他にも二人、同じ時期にイアーポを退所した。

賀彌河《がみかわ》が特別なわけではない。いろいろな理由で、事務所を辞《や》めたり、声優自体を辞《や》める人が毎年何人かはいる。

続けていけることがいかにありがたいかを嚙《か》み締《し》め、役者として何ができるのかを常に考え、一回一回を大切に演《や》っていこう、とそうした話を聞くたび、すずねは思う。

そして――第一回の収録は、年末進行で何となく気ぜわしい中、行われた。

かりんは見たこともないくらい緊張《きんちょう》していたが、いざアフレコが始まると、新人とは思えない度胸を見せて監督《かんとく》たちを前のめりにさせ、自分でハードルを上げた。おそらくそのせいで何度かディレクションが入り、かりんはその全てに見事に応えてみせた。

振《ふ》り返《かえ》った時に見えたブースの向こうの監督《かんとく》たちの表情に、

（どうだ！　わたしの推《お》しはすごいんだぞ！）

内心、そう思ったことは秘密だ。

二回目の収録は年明けで、『宇宙《そら》を往《ゆ》く楽園鯨《らくえんくじら》』に関する年内の仕事は、クリスマスイヴ当日の生放送を残すのみとなった。

『収録のあと、どうするんですか？』

何日か前のメッセージで、かりんからそう訊《き》かれた。

『別になにもないよ？』

『予定ナシですか？　イヴなのに？』

『うるさい』

結衣香《ゆいか》もその日はデートだと言っていたから、付き合ってはもらえない。朝からチェックインして、エステなんかをたっぷり楽しむらしい。

『いまはお一人様の時代です』

『じゃあ、二人でごはんしましょうよ』

ぽんと表示されたメッセージを見て、心臓が口から出そうになった。

最推《さいお》しからの、まさかのクリスマスデートのお誘《さそ》い⁉……いや、デートではないけれど、とんでもないプレゼントだった。

『いいけど』

なるべく素っ気なく返信した。今の気持ちをそのまま入力したら、ものすごく気持ち悪くなってしまっただろう。

『じゃあ今回は、わたしがお店、探しておきますね』

とかりんは言ってくれた。

（推《お》しのエスコート！）

すずねは、盛り上がる気持ちを抑《おさ》えられなかった。

もしかしたら本当に、最推《さいお》しと恋人《こいびと》になる未来なんかもあるんじゃない？　と夢想したりもしてしまった。

そんなことあるわけない、と思いつつ、クリスマスイヴが楽しみすぎて寝不足《ねぶそく》気味になったりしたら、これはいけないとすぐに生活リズムを立て直して、しっかりとその日に備えた、すずねだった。

何もかもが順調だった。

ディアゴナルを卒業後、声優として再始動した鐘月《しょうつき》かりんがW《ダブル》主役ということもあって、『宇宙《そら》を往《ゆ》く楽園鯨《らくえんくじら》』は注目度も高く、その勢いを春の放映開始まで繋《つな》げたいと、関係者の誰《だれ》もが意気込んでいた。

そして、クリスマスイヴ当日。

今日はかりんとごはんだし、何を着て行こうかな、下着はどうしようかな、とうきうき気分で服を選んでいたとき。

スマホが、結衣香《ゆいか》からメッセージが届いたことを告げた。

画面には『これ大丈夫《だいじょうぶ》？』の文言と共にURLが貼《は》られていて、すずねはアプリを立ち上げ、URLをタップした。

アクセス先の画面を見た瞬間《しゅんかん》、息が止まった。

『アイドルグループ《ディアゴナル》の元センター、鐘月《しょうつき》かりんは男と同棲中《どうせい》！』

そう大きく見出しが書かれた記事が、そこにはあった。

☆

画面を凝視《ぎょうし》することしかできず、記事の先を読む勇気がなく、すずねは自分の心臓の音だけを聞きながら固まった。

世界がぐらぐらする。心臓が信じられないくらい速く鼓動《こどう》を打っているのに、体はありえないくらい冷たく、それなのにじくりと汗《あせ》が噴出《ふんしゅつ》してくる。

どうして自分がこんなに動揺《どうよう》しているのか、わからなかった。推《お》しのことではあるが、自分のことではない。むしろこれが自分のことであっても、こんなには動揺《どうよう》しないと思えた。

すぐにでもかりんに、大丈夫《だいじょうぶ》？　と連絡《れんらく》を取るべきだとわかっているのに、できなかった。

指が動かなかった。

怖《こわ》い――真実を知ってしまうのが。どうしてかは明瞭《めいりょう》な言葉にはできないが、

『これ本当？』

とはとても訊《き》けない。メッセージを送れば、どうしたってその話になる。素《そ》っ気《け》なく、

『大丈夫《だいじょうぶ》です』

と返ってくるかもしれないが、それはそれで自分には何もできることはないのだと思い知らされそうで、怖《こわ》い。

（──馬鹿なの⁉）

すずねはスマホを、指が白くなるくらい握《にぎ》りしめた。

（そんなこと考えてる場合じゃないでしょ！）

情けなくて、頭に来て、体に熱が戻《もど》ってきた。

（いま一番怖《こわ》いのは、かりんさまでしょうが！　ここ一番で推《お》しを支えなくてどうするの！）

不甲斐《ふがい》ない自分を蹴飛《けと》ばして、すずねはアプリを起動して、メッセージを送った。

『かりんちゃん、大丈夫《だいじょうぶ》？』

それだけの短いもの。

返事は──なかった。

突《つ》っ立《た》ったまま、三十分、一時間待っても、スマホの画面は更新《こうしん》されなかった。既読《きどく》もつかなかったが、だからといって見ていないとは限らない。短い文面だったから、通知だけで読めてしまう。

二通目は送れない。一通目で返事がないのなら、かりんにその余裕《よゆう》がないのだから、これ以上は押し付けられない。

すると突然《とつぜん》、手の中でスマホが鳴動して、思わず取り落としそうになった。

——かりんではなかった。

巳甘《みあま》だ。

出ようとして、喉《のど》がからからだと気づいた。

ケアをしなくちゃ、と咄嗟《とっさ》に考えられるだけの余裕《よゆう》があるのは、プロとしては正しいけれど、かりんの心配だけすることができない自分は、少し寂《さび》しかった。結衣香《ゆいか》に言わせれば、それが大人ということなのだけれど。

震《ふる》える指で、電話に出た。

「……はい」

『仙宮《せんぐう》、もう知ってる？』

唾《つば》を呑《の》み込《こ》んで、喉《のど》を潤《うるお》す。

「……鐘月《しょうつき》さんの記事のことですよね？　さっき知りました」

自分で言って初めて、かりん一人の話ではすまないのではないか、と思った。

これが『宇宙《そら》を往《ゆ》く楽園鯨《らくえんくじら》』にどんな影響《えいきょう》を与《あた》えるのか、ラジオはどうなるのか、まったくわからない。

相手の男は誰《だれ》？　ただの恋人《こいびと》であれば問題にはならないだろうが、既婚《きこん》者だったりしたら、今は世間が許さない。こんな形で迷惑《めいわく》をかけることになったら、今後しばらく、かりんを使おうという製作委員会はないかもしれない。

『とりあえず仙宮《せんぐう》、局に入る前に事務所に来てくれる？　さっき鐘月《しょうつき》とは連絡《れんらく》が取れたんだけど、説明にはあなたも同席してほしいって言うから』

「わたしがですか？」

『そう。どうしてもって言ってる』

「わかりました」

『じゃあ、十五時に事務所に来て』

はい、と答えて、すずねは電話を切った。

ひとまず、ほっとした。ちゃんと事務所は連絡《れんらく》がついたのだ。

すると、どうしてだろう、もやっとした気持ちが、突然《とつぜん》の雷雨《らいう》の前の空の、灰色の雲みたいに湧《わ》き上《あ》がってきた。

同席を請《こ》われたのは、ラジオの相方だからだろうか。それとも、恋人《こいびと》がいるのを黙《だま》っていたことを、いち早く釈明《しゃくめい》したいからだろうか。

「……別にいいのに」

じわりと気持ちがねじれていくのを止められなかった。

彼女に恋人《こいびと》がいようがいまいが、ただ事務所の、声優の先輩《せんぱい》というだけでしかない自分に、推《お》しのプライベートは関係がない、などと考えてしまった。

そう――彼女は推《お》し。

事が事なのだから、すずねからのメッセージより、事務所を優先するのは当然だ。

親しくしてもらって、少し勘違《かんちが》いをしていた。互《たが》いに推《お》しとファンであったのだとしても、そこには一線がある。それを守るのがファンの矜持《きょうじ》だったはずだ。

「……さ、台本チェックしよ」

声に出して言って、すずねはスマホを置いた。

記事は見ない。

どうせ、あと何時間かしたら、真相はわかるのだ。なのにわざわざ今見る必要はない。

決して、怖《こわ》いからなんかじゃない！

☆

すずねが事務所に到着《とうちゃく》すると、今まで見たことがないくらい電話が鳴っていた。取っても取っても間に合わない様子で、社員が次から次へと捌《さば》いていた。

「すいません、巳甘《みあま》さんは」

そう訊《き》くと、顎《あご》で受話器を挟《はさ》んで会議室を指してくれた。

「ありがとうございます」

深々と頭を下げて、会議室に向かった。使用中、となっている部屋のドアをノックする。

「はい」

中から巳甘《みあま》の声がして、仙宮《せんぐう》です、と言うと、入って、と返ってきた。

失礼します、と言いながら開けると、かりんはすでに来ていた。顔を見た途端《とたん》、どきん、として胸が痛くなった。

「おはようございます」

型通りの挨拶《あいさつ》をして、すずねはいつものようにかりんの隣《となり》に座った。

彼女はすずねをちらりとも見ず、堂々と顔を上げていた。

巳甘《みあま》の、そっちなんだ、という表情を見て、説明される側なのだから、かりんとは向かい合うのが正解だったかもしれないと気づいたが、今更《いまさら》だった。

「何でこんな、いきなり出たんですか？」

巳甘《みあま》が口を開く前に、すずねは訊《き》いてしまっていた。声に棘《とげ》が覗《のぞ》いてしまったが、悪いとは思わなかった。

普通《ふつう》、記事が出る前にはその雑誌から裏取りがある。その時点で事務所は当事者に確認《かくにん》を取り、対応を決める。

今度の場合、すずねは当事者ではないが関係者ではあるので、記事が出るまで知らされないということは考えられない。

それが起きている。

「記事の出元は、SNSの投稿《とうこう》なのよ。それが拡散して、ネットメディアが取り上げた」

巳甘《みあま》はタブレットをすずねに見せた。そこには数枚の写真と共に、かりんを糾弾《きゅうだん》するような文が書かれていた。

見たくはなかったが、ここまできて知らずにいるわけにはいかなかった。

写真には、かりんが男性と仲良く買い物をしているところと、そろってマンションに入っていく後ろ姿が写っている。

ショックだった。

何がショックなのかわからないが、とにかくショックだった。

眩暈《めまい》がしたし、泣きそうだった。

けれど、自分がいまここで泣くのはおかしいと思い、必死に堪《こら》えた。すると、僅《わず》かに気持ちが落ち着いて、そうすると気づくこともあった。

一緒《いっしょ》に投稿《とうこう》された文章に、違和感《いわかん》がある。

芸能人のスキャンダルを撮《と》ってやった、という、してやったり感や高揚感《こうよう》がなく、そのほとんどが、かりんがディアゴナルを卒業したことへの怨嗟《えんさ》で埋《う》められている。

「これって……」

プロの文章とは、思えない。

「多分、ディアゴナルのファンでしょうね」

すずねの言いたかったことを、巳甘《みあま》が引き取ってくれた。

「自宅まで――自宅でいいのよね？」

巳甘《みあま》に訊《き》かれ、かりんは頷《うなず》いた。

「そう。……とにかく、自宅まで特定するのはかなり危険だから、この件は警察にも連絡《れんらく》して対応を検討します」

巳甘《みあま》はタブレットを引き取り、画面を消した。

「うちは仕事に影響《えいきょう》がない限り、役者のプライベートには踏《ふ》み込《こ》まない方針だけど……鐘月《しょうつき》、あなたの場合、元アイドルというその肩書《かたが》きも、ある意味、使っているわけだから、うちとしても声明を出さなくちゃならないんだけど――どうなの？」

かりんは何かを考え込んでいる。

「付き合ってるなら付き合ってるでいい。不倫《ふりん》だとまずいけど、それならそれで声明の出し方があるし。とにかく、わたしたちに嘘《うそ》はつかないで」

こくん、とすずねは唾《つば》を呑《の》み込《こ》んだ。聞きたくはなかったが、聞かないわけにはいかない。かりんがそれを望んでいるのだから。

彼女はしっかりと巳甘《みあま》を見て、

「……恋人《こいびと》じゃありません」

きっぱりと言い切った。

（良かったあああ！）

すずねは、自分でもよくわからないくらい安堵《あんど》した。地獄《じごく》から天国、という言葉が浮《う》かんできて、ぴったりだと思った。

そんなことだと思った。かりんにこんな恋人《こいびと》がいるなんて、あるわけがない。それはそれで失礼な気もするけれど、とにかく良かった。

「本当ね？」

「はい。写真の男の人は、わたしの姉の恋人《こいびと》です。この日は、姉が仕事で遅《おそ》くなると連絡《れんらく》があったので、時間のあったわたしが駅まで迎《むか》えに行って、帰りに夕飯の材料を買ったんです。そこを撮《と》られたんだと思います」

「お姉さんの恋人《こいびと》？」

念を押すような確認《かくにん》に、かりんは頷《うなず》いた。

「そうです。来月には結婚《けっこん》するので、その打ち合わせなんかもあって、ちょくちょく来るんです。その時は、お義兄《にい》さんが夕飯を作ります。今回のことはもう話して、姉の恋人《こいびと》だということと結婚《けっこん》間近なことも、公表していいと許可を取りました」

巳甘《みあま》はかりんを見つめ、彼女は視線からまったく逃《に》げなかった。

すずねは、今の説明に納得《なっとく》した。

かりんが姉と一緒《いっしょ》に住んでいるのは知っていた、その彼氏《かれし》なら、しかも結婚《けっこん》間近なら、それはもう家族も同然で、写真から感じる親しさもわかる。

そうだとも。かりんからその手の話は、一度も聞いたことがなかったのだから、これがこのスキャンダルの相応《ふさわ》しいオチだ。

わかった、と巳甘《みあま》は頷《うなず》いた。

「それじゃあ、ホームページにはそう載《の》せて、各メディアにも同じ説明をします。今日の放送は大変だと思うけど、やれる？　生放送だし、精神的にきつかったら、仙宮《せんぐう》一人でやってもらうって手もあるけど」

「大丈夫《だいじょうぶ》です」

「無理しなくてもいいんだよ？」

すずねはそう言ったが、かりんは首を振《ふ》った。

「アイドルだったことを利用する以上、スキャンダルも覚悟《かくご》してましたから。これは予想外だったし、姉を巻き込んだのは許せないですけど……逃《に》げません」

「じゃあ、行って」

ぱんと、巳甘《みあま》は手を叩《たた》いた。

「あとはこっちでやるから。仙宮《せんぐう》、お願いね。今日はついていきたいけど、さすがにこの状《じょう》況《きょう》じゃ、手が足りないから」

「はい、まかせてください」

ぽん、と胸を叩《たた》いたすずねに、かりんは不意に頼《たよ》りなげな表情になった。

「すみません、すずねさん」

「気にしないで。かりんちゃんは、全然、悪くないんだから。胸、張ってこ」

「はい」

かりんは大きく頷《うなず》いた。

本心では、休んだ方がいいのでは、とすずねは思っていたが、本人がやりたいといい、マネージャーがそれを認めているのなら、止めることはできなかった。

ならば、できるだけフォローしよう。

鐘月《しょうつき》かりんを全力で支えよう。

それが、長年彼女を《推《お》し》てきた自分が、ファンとして今、できること。

☆

ラジオ局に着く頃《ころ》には、イアーポのホームページには事務所の公式の見解として、男性はかりんの姉の恋人《こいびと》であること、近々結婚《けっこん》すること、それから、自宅を特定するという行為《こうい》にいたったことについて、警察に相談する旨《むね》が掲載《けいさい》された。加えて、かりんはしばらく家には帰らないことも書かれていた。

こうなっては住所はすぐに特定されてしまうであろうし、いくら警告しても見に来る人間は出てくるだろうから、仕方がない。

打ち合わせでは、そのことについて触《ふ》れられることはなかったが、ただ一点、SNSを見ながらの放送はやめてもいい、と言われた。

生放送の時は、いつもSNSを閲覧《えつらん》しながら聴取者《ちょうしゅ》の声を拾っていくのだが、いくら特定ワードのミュートをしても、すり抜《ぬ》けてくるものがある。

「いえ、大丈夫《だいじょうぶ》です」

かりんはそれを良しとしなかった。番組はあくまでもアニラジだ。声優個人の事情を挟《はさ》み込《こ》むべきではない、ということだ。

その気持ちは、すずねにも理解できた。トークを広げるのにプライベートを語っていても、『くじらじお』は、自分たちの名前を冠《かん》した個人ラジオではない。アニメを楽しみにしているファンの声を消したくはない。

巳甘《みあま》の意見も聞きたかったが、今日の放送に彼女は立ち会わない。事務所で各所に対応しなくてはならないからだ。ここは自分たちで乗り切るしかない。

「じゃあ、こっちもリアルタイムですり抜《ぬ》けてくるワードを片《かた》っ端《ぱし》からミュートしてくから。頑張《がんば》ってこ」

そう構成作家が言ってくれて、ほんの少し、かりんの表情は和《やわ》らいだ。

打ち合わせが済み、スタッフが全員出て行って、二人きりになるとかりんは、

「すみません」

と言った。

「ディアゴナルを卒業するって決めた時、いろいろ言われることは覚悟《かくご》はしてたつもりなんですけど……これは、やっぱりちょっと怖《こわ》いですね」

「かりんちゃんは悪くないんだから、謝ることない」

「でも結局、こうやってスタッフさんとか、事務所にもよけいな手間をかけさせてしまって、申し訳ないです」

「事務所は役者を守ることもマネージメントなんだからいいの。それも仕事なんだから。スタッフさんが気を遣ってくれるのは、優《やさ》しさだよ？　いまはそれに甘えよ？」

そんなことはかりんもわかっているだろう。

だが、あえて言葉にすることは、大事《だいじ》だ。言霊《ことだま》、というのは本当にある。言葉は、声は、発せられて魂《たましい》を、力を得る。

声優はそれができる。できなくてどうする。

「……手、握《にぎ》ってもらっていいですか？」

声は微《かす》かに震《ふる》えていた。

すずねは、膝《ひざ》の上のかりんの手を包むように、自分の手を乗せた。彼女の手はとても冷たかった。少しでも温かくなるよう、強く握《にぎ》った。

かりんはすずねを見ず、まっすぐに前を向いていた。こんな状況《じょうきょう》でも、その横顔はとても綺《き》麗《れい》で、凛々《りり》しかった。

「──仙宮《せんぐう》さん、鐘月《しょうつき》さん、お願いしまーす」

扉《とびら》の向こうで、スタッフの呼ぶ声がした。

「……行きましょう」

負けるもんか、という決意を横顔に滲《にじ》ませ、かりんは立ち上がった。

すずねも、うん、と答えて席を立つ。

ずっと冷たいままの手をすずねは離《はな》したくなかったけれど、部屋を出る前に絡《から》めた指はほどけ、微《かす》かな温《ぬく》もりもたちまち消えてしまった。

☆

「くじらじおー」

二人そろってのタイトルコールは、今夜も見事にハモッて、ぴたりと決まった。テーブルに向かい合わせに座るかりんの顔は、表面的には明るい。

いつものように録音ブースには二人きりで、構成作家やディレクターは、調整室で見守ってくれている。いつもよりも若干《じゃっかん》、案じ気味に見えるのは、考えすぎだろうか。

「今夜も始まりましたー。Dr.美幸《みゆき》役、仙宮《せんぐう》すずねです」

「天見《あまみ》はるか役、鐘月《しょうつき》かりんです」

「今夜は生放送でお送りする『くじらじお』……クリスマスイヴですよ、かりんちゃん」

「みたいですね。ここは全然、クリスマス感ないですけど」

「だよねぇ。ツリーぐらいあるかなーって思ったけど、見事にいつも通りなんだもん。ちょっと寂《さび》しい……優《やさ》しさがほしい」

「何でわたしを見るんですか？　プレゼントとかないですよ？」

「えー……」

胸が少しちくりとした。かりんが今大変なことは理解していても、反射的に感じてしまう気持ちはどうしようもない。

（わたしは用意してあるよ、かりんさま！　番組のためじゃなくて、プライベート用に）

ごはんの時に渡《わた》すつもりだったのだけれど、少しは慰《なぐさ》めになるだろうか。

それより、とかりんは話題を変えた。

「わたし今日、タクシーで来たんですけど、イルミネーションがすっごく綺麗《きれい》でしたよ。ぎらぎらした光の下は見事にカップルだらけでしたけど」

驚《おどろ》いた。

今日の今夜で、その話題を出すのか。

確かにクリスマスイヴにカップル話は定番だけれども。途中《とちゅう》、見えたイルミは、カップルでぎゅうぎゅうだったけれども。

だが、それがかりんの覚悟《かくご》であるなら、怯《ひる》んでいる場合ではない。

しかし――

『広げないで』

イヤモニを通して、ディレクターの指示があった。

ならば、仕方がない。

枕《まくら》の話は切り上げて、次へ行こう。

「はい。それじゃあ、今夜もハッシュタグの投稿《とうこう》を見ていきましょう。えーと……」

タブレットをタップして、タグがついたコメントを表示する。

ぎくりとした。

次々と流れてくるコメントは、悪意の濁流《だくりゅう》だった。

今まで、こんなことはなかった。

投稿《とうこう》してくれるのは原作やそれぞれのファンであったので、いつも温かいコメントばかりだった。

だが、今夜は違《ちが》う。

事務所の発表を疑い、からかい、時に性的な含《ふく》みを持たせた揶揄《やゆ》をこめた文章が、少ない応《おう》援《えん》のコメントを呑《の》み込《こ》み、流していく。

『おい、ミュート効いてないぞ！』

『え？　あれ⁉』

そんな声がイヤモニから聞こえた。

すずねはタブレットから目を剝《は》がして、かりんを見た。

彼女の顔は血の気が引いて、土のような色になっていた。

表情は気丈《きじょう》に崩《くず》していなかったけれど、くちびるは紫色《むらさきいろ》に変じ、長い睫《まつげ》が揺《ゆ》れ、細くて白い首は痙攣《けいれん》するみたいに震《ふる》えている。

ディアゴナルに所属していたとき、メンバーの誰一人《だれひとり》、こんなスキャンダルに巻き込まれたことはなかった。

すずねももちろんない。

だが、声優は瞬間《しゅんかん》的にキャラクターの気持ちを理解して役に入り込むことができる。それは高い共感性の賜物《たまもの》だ。

だから、かりんの今の気持ちが、感情が、手に取るようにわかった。

世界から味方が消えていく。

この世の全ては敵で、救いはない——きっと、そう思っている。

(なにか、喋《しゃべ》らなくちゃ——)

このままでは放送事故になってしまう。

だけど何を？

このままこれを笑って流すの？ かりんちゃんを——最推《さいお》しをここまで誹謗《ひぼう》されて、それをなかったみたいに？

(そんなこと、できるわけあるか！)

ぎり、とすずねは奥歯《おくば》を噛《か》み締《し》めた。

だからといって、投稿者《とうこう》を罵倒《ばとう》することはできない。それはプロの仕事じゃない。だったら今、自分ができるのは、ここに味方がいると教えることではないだろうか。

だけど、何て？

思いつかない。いくら拾い上げようとしても適した言葉が見つからない。

かりんの目から、光が消えていく。

(駄目《だめ》、待って！)

咄嗟《とっさ》に追いかけた。その結果、くちびるから飛び出したのは——

「……好き」

かりんが目を瞠《みは》り、消えかけた光が僅《わず》かに戻《もど》ってくる。

途端《とたん》、全てのピースが嵌《は》まったみたいに、すずねは自分の気持ちを理解した。

（あ、そっか……）

とっくに好きだったのだ。

大人ぶって、気付かない振《ふ》りをしていただけ。

ディアゴナルの元メンバーがかりんの頬《ほお》にキスをしたときに感じたモヤモヤも、スキャンダルの記事を見たときに感じたショックも、誹謗《ひぼう》中傷のコメントにこんなにも怒《いか》りが込《こ》み上《あ》げるのも——彼女のことが、好きだからだ。

推《お》しというだけでなく、ひとりの女の子として、かりんに恋《こい》をしているからだ！

「わたしは好きだから」

生放送の本番中だが、動揺《どうよう》はしなかった。こうと決まってしまえば、簡単に腹は据《す》わる。

昔からそうだった。

度胸がすごい、と誉《ほ》められた。舞台《ぶたい》に立てば、マイクを前にすれば、すぐ切り替《き》わる。

怖《こわ》くなんか、ない。

逆に、向かいの席で、かりんは混乱した顔でこちらを見ていた。

大きく見開かれた瞳《ひとみ》は揺《ゆ》れ、僅《わず》かに浮《う》かんだ涙《なみだ》をせき止めている長い睫《まつげ》は震《ふる》えている。斜《なな》め向かいに置かれたタブレットに触《ふ》れる指は固まったままだ。

だけど、先刻まで青ざめていた頬《ほお》に、ほんのりと赤味が戻《もど》っている。

だったら、いい。

調整ブースの窓の向こうで大人たちが動揺《どうよう》しているのがイヤモニからもわかったが、すずねは無視した。

今、伝えなければならない――最強の味方が、ここにいるってことを。

「……これ、営業トークじゃないから」

すずねは、まっすぐにかりんを見つめて、はっきりと言った。

「――わたしは、あなたが好き」

瞬間《しゅんかん》、時が止まった。

コメントも途絶《とだ》え、イヤモニからも何も聞こえなくなった。

かりんの瞠《みは》られた瞳《ひとみ》から、ぽろり、と一粒涙《ひとつぶなみだ》がこぼれ、すずねは続くロマンチックな答えを期待した。わたしも好き、とか、そういう言葉を。

だが、続くかりんの行動は、それとはまったく違《ちが》った。

怒《おこ》ったみたいに形のいい眉《まゆ》がきりりと吊《つ》り上がり、素早《すばや》く伸《の》びてきた手がすずねのマイクのカフを下げ、

「ちょっとちょっと、仙宮《せんぐう》さん！　コメントも読まなくちゃ、何に対して好きって言ったのかわからないじゃないですか！　はい！　じゃあここで曲にいっちゃいましょう！」

かりんが台本を進めたことに気づいて、大人たちが慌《あわ》ただしくなる。

「クリスマスの定番ソングと言えば、これ！　どうぞ！」

　イントロが流れ始め、かりんは自分のカフも下げると、イヤモニを外し、立ち上がってすずねの手首をつかんだ。

「すみません！　ちょっと外します！」

　大人たちに有無《うむ》を言わさず、かりんはすずねの腕《うで》を引っ張って、ブースを飛び出した。

☆

「……なんですか、あれ」

　控《ひか》え室《しつ》に放り込まれて、すずねは転びそうになったのを何とか堪《こら》えた。振《ふ》り向《む》くと、かりんは後ろ手にドアの鍵《かぎ》をかけたところだった。

　良かった。

　死人みたいだった顔に、血の気が戻《もど》っている。怒《おこ》っているが、落ち込んでいるよりいい。

「好きとか。営業じゃないとか。生放送ですよ⁉　わかってるんですか⁉」

「うん」

　迷いのなくなった気持ちは、この程度では怯《ひる》まない。

「でも、後悔《こうかい》してないよ？　かりんちゃんに、この世界には最強の味方がいるって、ちゃんと伝えられたみたいだから。あ。言っておくけど、方便じゃないからね。好きなのは本当。いやあ、まさか自分がいつの間にかガチ恋勢《こいぜい》になってるなんて、思ってなかったなー」

あはは、とすずねは笑った。

どうもテンションがおかしい。やらかしたことからの逃避《とうひ》のために、気持ちが分離《ぶんり》しているのかもしれない。

「でも、気にしなくていいからね？　別に、お付き合いしたいとか、そういうことじゃないから。……いや、違《ちが》うな。そういうことなんだけど、自分でもまだ気持ちの整理がついてないというか」

すずねは、ぱん、と手を叩《たた》いた。

「片思い！　勝手な片思いだから！　大丈夫《だいじょうぶ》！　仕事はちゃんとするから！　だからこれからもこれまで通りにやっていこう？　ね？」

「──もう！」

べらべらと一方的に喋《しゃべ》っていたら、タックルするみたいに、かりんに抱《だ》きしめられた。

「何、勝手なこと言ってるんですか！　わたしの百合《ゆり》だって営業なんかじゃありません！」

耳元で叫《さけ》ばれ、内耳《ないじ》が、きん、と鳴った。さすがの声量だ。

「ガチ恋《こい》なら、わたしはずっとそうですよ！　すずねさんの馬鹿！　そうならそうって、もっと早く言ってくださいよ！　あんな記事が出て、すずねさんに誤解されたらって、そのことばかり考えてたんですから！」

「あの……もしかして、わたしが事務所に説明に呼ばれたのって、くじらのことがあったから
じゃないの？」

ぎゅう、と抱《だ》きしめられたまま、すずねは訊《き》いた。想像以上に力が強いのと、かりんの髪《かみ》の
匂《にお》いに、ちょっと眩暈《めまい》がする。

「違《ちが》いますよ！　一分でも一秒でも早く、誤解を解きたかったからです！」

「そっかー……」

なんだか、ほっとした。安心したら、むくむくと欲が湧《わ》いてきた。

「……ねえ、ちゅう、していい？」

「イヤです」

即答《そくとう》で拒否《きょひ》られた。

ぐい、と体を離《はな》し、かりんは真正面からすずねを見つめた。

「初めてなのに……勢いでするなんて、絶対にイヤ」

真っ赤だ。

人ってこんなに赤くなるんだ、とすずねは嬉《うれ》しくなった。

「じゃあ……今夜、ごはんのあとだったら――」

「そういうのは予定してても言わない！」

また怒《おこ》られた。

でも、今度は駄目《だめ》だとは言われなかった。いまはそれだけで十分だ。

「──仙宮《せんぐう》さん！　鐘月《しょうつき》さん！　ブースに戻《もど》って！」

ドアの向こうで、自分たちを呼ぶスタッフの声がした。

「かりんちゃん、もう大丈夫《だいじょうぶ》？」

すずねの問いに、鐘月《しょうつき》かりんは、当たり前じゃないですか、と笑った。この笑顔《えがお》を引き出せただけで、このあと何が待ち受けていても怖《こわ》くはなかった。

「──すみませーん！」

ドアを開け、二人は部屋を飛び出した。

☆

結局、クリスマスイヴの生放送は、事故にはならなかった。

すずねとかりんは、曲が終わる寸前に戻《もど》り、何事もなかったかのように放送を続けて、無事に乗り切ることができた。

ネットでは、あれはなんだったのか、と少しの間、騒動《そうどう》になったが、百合《ゆり》営業が滑《すべ》ったのだろうということで、落ち着いた。

とはいえ、現場の人間はあれがハプニングだったことを知っている。

「本当にすみませんでした！」

放送後、すずねはスタッフに心から謝罪した。本当なら土下座したい気持ちだったが、それはふざけているように思えたので、留《とど》まった。

ちゃんと考えれば、生放送であれはないとわかる。だが、あのときはあれしかないと思い込《こ》んでしまった。とにかくかりんを助けなくては、とそれだけになってしまった。自分にあんな行動力があったとは、驚《おどろ》いている。

「すみませんでした！」

かりんも一緒《いっしょ》に謝ってくれた。実際に放送を止めたのは彼女だが、そうさせたのはかりんであったので責任はないと思うのだが、その気持ちが嬉《うれ》しかった。

駆《か》けつけてきた巳甘《みあま》も二人以上に謝ってくれ、その姿にすずねは、自分のしでかしたことの大きさをより思い知らされて、涙《なみだ》が出そうになった。

けれどもディレクターは、

「いや、我々のミスでもあるから。ミュートしそこなうとは……申し訳ない。配慮《はいりよ》が足りなかったよ。やっぱり今日はハッシュタグは使うべきじゃなかった」

そう、言ってくれた。それもまたありがたく、そして申し訳なかった。

その後、巳甘《みあま》に冷静に怒《おこ》られたのが、すごく怖《こわ》かった。怒鳴《どな》られるよりも、その方が恐《おそ》ろしいのだと、すずねは初めて知った。

事情が事情であったので、今回だけは大目に見てもらえたが、二度はないから、と念を押された。

スキャンダルをネットに投稿《とうこう》した人間は、特定されたらしい。

どんな話し合いがあったかは教えてもらえなかったが、犯人はアカウントを消して、念書を書いたということだった。

とはいえ、拡散した住所は回収することはできなかったので、かりんは引《ひ》っ越《こ》した。転居先は、すずねと同じマンションだ。

部屋は別だが、いまや頻繁《ひんぱん》に互《たが》いの家を行き来する仲だ。

「──で？　クリスマスイヴの夜は、どうしたのよ？　ごはん、行ったんでしょ？　そのあとどうなったのよ？」

結衣香《ゆいか》からは何度かそう詰《つ》められたが、いつもすずねは笑って誤魔化《ごまか》した。

あの夜のことは宝物だ。

言えることがあるとすれば、ただひとつだけ。

仙宮《せんぐう》すずねと鐘月《しょうつき》かりん、二人の《百合《ゆり》》は──もう《営業》ではない。

《終》

あとがき

みなさま、ごぶさたしております！　アサクラ　ネル、です！

またまた一年以上ぶりとなりましたが、三冊目をお送りできることとなりました！

やったー！

前の二冊でえっちぃ本は打ち止め！　と厳命され、必殺の得意技《わざ》を封印《ふういん》されてしまったわけですが……じゃあ、それがなければ自分の中に滾《たぎ》る萌《も》えは表現できないのか、と挑《いど》んだのが本作です！

前作、『彼なんかより、私のほうがいいでしょ？』を読んでくださった方はおわかりかと思いますが、ネルは百合《ゆり》が大好きです。そして実は、生まれたままの姿でえっちぃことをしているよりも、関係性を妄想《もうそう》できる、日常のいちゃいちゃがすごく好き！

なので、声優さんの百合《ゆり》営業と呼ばれるものや、女性アイドルグループの楽屋のプライベート風写真などにすごく尊みを感じていました。

残念ながら昨今はコロナのせいでそれらもあまり見なくなり、残念に思っていたこともあって、自分で書いちゃうことにしました。

それが、本作です！

もちろん、この作品はフィクションであり、登場する人物は架空《かくう》の存在で、実在する地域、法人、個人、会社、団体、業界等とは何の関係もございません。

そもそもこの世界、コロナがないマルチバースですから！　便利な言葉。マルチバース。

だから、百合《ゆり》営業も健在です！

というわけですので、業界的にここは変、とか言わないでくださいね！　あくまでもマルチバース！　ネル的業界は、これが正解の世界なのです！

それでは、願わくば、次の本でお会いできますように！

二〇二二年　年末　　　　アサクラ　ネル

※本作は、あとがきも含《ふく》めてフィクションであり、実在する地域、個人、法人、会社、団体等とは何の関係もございません。

◉アサクラ ネル著作リスト

「異世界の底辺料理人は絶頂調味料で成り上がる！
～魔王攻略の鍵は人造精霊少女たちとの秘密の交わり!?～」（電撃文庫）
「彼なんかより、私のほうがいいでしょ？」（同）
「わたしの百合も、営業だと思った？」（同）

本書に対するご意見、ご感想をお寄せください。

ファンレターあて先
〒 102-8177　東京都千代田区富士見 2-13-3
電撃文庫編集部
「アサクラ　ネル先生」係
「千種みのり先生」係

本書は書き下ろしです。

電撃文庫

わたしの百合《ゆり》も、営業《えいぎょう》だと思《おも》った?

アサクラ ネル

2023年3月10日 初版発行

発行者 山下直久
発行 株式会社KADOKAWA
〒102-8177 東京都千代田区富士見2-13-3
0570-002-301(ナビダイヤル)
装丁者 荻窪裕司(META+MANIERA)
印刷 株式会社暁印刷
製本 株式会社暁印刷

ISBN978-4-04-914394-2 C0193 Printed in Japan

電撃文庫 https://dengekibunko.jp/

電撃文庫創刊に際して

文庫は、我が国にとどまらず、世界の書籍の流れのなかで〝小さな巨人〟としての地位を築いてきた。古今東西の名著を、廉価で手に入りやすい形で提供してきたからこそ、人は文庫を自分の師として、また青春の想い出として、語りついできたのである。

その源を、文化的にはドイツのレクラム文庫に求めるにせよ、規模の上でイギリスのペンギンブックスに求めるにせよ、いま文庫は知識人の層の多様化に従って、ますますその意義を大きくしていると言ってよい。

文庫出版の意味するものは、激動の現代のみならず将来にわたって、大きくなることはあっても、小さくなることはないだろう。

「電撃文庫」は、そのように多様化した対象に応え、歴史に耐えうる作品を収録するのはもちろん、新しい世紀を迎えるにあたって、既成の枠をこえる新鮮で強烈なアイ・オープナーたりたい。

その特異さ故に、この存在は、かつて文庫がはじめて出版世界に登場したときと、同じ戸惑いを読書人に与えるかもしれない。

しかし、〈Changing Times,Changing Publishing〉時代は変わって、出版も変わる。時を重ねるなかで、精神の糧として、心の一隅を占めるものとして、次なる文化の担い手の若者たちに確かな評価を得られると信じて、ここに「電撃文庫」を出版する。

1993年6月10日
角川歴彦